芒草集

樊功生 著

作家出版社

图书在版编目（CIP）数据

芒草集 / 樊功生著. — 北京：作家出版社，2024.5
ISBN 978-7-5212-2754-3

Ⅰ.①芒… Ⅱ.①樊… Ⅲ.①诗集 — 中国 — 当代
Ⅳ.①I227

中国国家版本馆CIP数据核字（2024）第062297号

芒草集

作　　者：	樊功生
责任编辑：	杨兵兵
装帧设计：	今亮後聲 HOPESOUND · 张今亮　王非凡
出版发行：	作家出版社有限公司
社　　址：	北京农展馆南里10号　　邮　编：100125
电话传真：	86-10-65067186（发行中心及邮购部）
	86-10-65004079（总编室）
E-mail:	zuojia@zuojia.net.cn
http://www.zuojiachubanshe.com	
印　　刷：	河北鹏润印刷有限公司
成品尺寸：	130×210
字　　数：	131千
印　　张：	17.5
版　　次：	2024年5月第1版
印　　次：	2024年5月第1次印刷
ISBN 978-7-5212-2754-3	
定　　价：	68.00元

作家版图书，版权所有，侵权必究。
作家版图书，印装错误可随时退换。

目录

古典诗

木兰花慢·蒲公英 – 002
满江红·贺兰山 – 003
望海潮 – 004
忆旧游·春怨 – 005
踏莎行·京城 – 006
八声甘州·当你老了 – 007
一叶落·九月 – 008
点绛唇·山径 – 009
忆江南·山林 – 010
洞仙歌·雪 – 011
定风波·回乡 – 012
女冠子·哀 – 013
满庭芳·登蒲台 – 014
八声甘州·病 – 015
洞仙歌·爱 – 016
祝英台近·浅秋 – 017
菩萨蛮·苏拉 – 018
暗香·她走来 – 019
小重山 – 020
摸鱼儿·致辞 – 021
念奴娇·路易湖 – 022
忆秦娥·他乡月 – 023
更漏子·梦醒 – 024
汉宫春·元宵节 – 025

南歌子·端午 – 026
沁园春·惹 – 027
鹧鸪天·别胜琼 – 028
雨霖铃·春词 – 029
鹧鸪天·渡口 – 030
如梦令四首 – 031
凤凰台上忆吹箫·秋日独白 – 033
破阵子·乐者 – 034
破阵子·饮马 – 035
鹊桥仙·七夕 – 036
清平乐三首 – 037
清平乐·雪水 – 039
采桑子·港湾 – 040
一剪梅·江东 – 041
一剪梅·伤心的爱 – 042
虞美人·壁画 – 043
长相思 – 044
天净沙/钗头凤 – 045
十六字令 – 046
乌夜啼 – 047
浪淘沙令二首 – 048
七绝·吴哥 – 050
思 – 050
回文诗 – 051
莲 – 051

院家 - 052

春至 - 052

懒 - 053

空园 - 053

年轻医护 - 054

五律 - 055

雄关 - 056

苏小小墓 - 057

五律·隐 - 058

文字 - 059

宅家 - 060

天柱山 - 060

望月 - 061

青城山 - 061

西湖闲步三首 - 062

羽箭之歌三首 - 063

现代诗

生命

时间 - 066

第五维 - 068

白纸 - 070

不对称 - 072

过客 - 074

安静 - 076

给 - 077

梦蝶 - 079

标本 - 080

八月的孩子 - 082

老树 - 084

提灯 - 087

灰烬 - 089

你是 - 091

低语 - 093

自我 - 095

秋诗

深秋 - 098

秋草 - 100

秋天 - 102

天凉 - 104

白夜来临 - 106

天体

潘洛斯的阶梯 - 108

黑洞 - 110

等 - 112

冥想的世界 - 114

数字之诗 - 115

碎 - 118

尘埃 - 119

沉浮

孤舟 - 121

旅人 - 123

漂浮 - 125

跋涉 - 128

图腾 - 130

废墟 - 134

末日飞机 - 136

沙 - 140

阿米斯塔号 - 142

远行 - 146

克鲁格 - 149

大峡谷 - 152

绝色 - 154

临摹 - 156

玉门关 - 157

灯塔 - 158

那个年代

椅子 - 160

搬家 - 162

出走 - 165

葵花 - 168

我们的日子 - 170

边疆

入藏的路 - 172

爱 - 175

石河子 - 178

南迦巴瓦 - 181

青藏 - 183

抽象

未知 - 185

油画 - 186

不染 - 188

指纹 - 189

里尔克的玫瑰 - 191

白纸上流浪 - 192

信仰

信仰 - 193

巴米扬大佛 - 195

有限 - 197

面纱 - 198

真相 - 201

青鸟 - 203

启示录 - 205

贝多芬是神 - 207

谁不想 - 209

春之舞

春风 - 210

午后 - 212

清明节 - 214

雨 - 215

四月 - 217

灾难

灾 - 219

蜷 - 220

黑／白 - 222

雪片 - 225

灯 - 226

悲伤书 - 229

罪孽 - 231

骚动 - 232

窗 - 234

空城 - 236

衰朽 – 238

风云 – 239

此刻 – 240

终极

天地人神 – 244

强者 – 246

尾声 – 248

餐桌 – 250

屏幕 – 252

垂钓 – 254

陀螺 – 256

热浪 – 258

弓 – 260

寂静之声 – 261

雪的意义 – 263

消失的人群 – 265

台阶 – 267

悬马 – 268

限度 – 270

家乡

故乡 – 272

土屋 – 274

忆 – 276

叶落 – 278

父亲节 – 280

黄昏辞 – 282

壳 – 284

收获 – 286

麦子熟了 – 288

树洞 – 290

养鱼人 – 292

距离 – 294

空瓶子 – 296

芦苇 – 298

表象 – 299

等待 – 301

月亮颂

明月 – 304

白月 – 305

背面 – 307

光与影 – 309

选择

礼物 – 311

局限 – 313

婚礼 – 315

抽屉 – 316

岔路 – 317

理发师 – 319

如果 – 321

出家 – 324

地铁 – 326

移民 – 329

新生活 – 331

枷锁 – 333

无悔 - 336

戏

脸谱 - 338

最喜欢 - 339

听 - 342

琴师 - 344

表演 - 347

马戏 - 349

谢幕 - 350

卡门 - 351

哭 - 353

愿 - 355

独角戏 - 357

繁花 - 359

幸福

房子 - 361

河床 - 363

消失的声音 - 365

网红 - 367

情人节 - 368

幸福 - 371

圣诞节 - 372

夭折

尽头 - 374

过年 - 376

桥 - 378

炮台 - 380

自我

简历 - 383

静 - 386

刻度 - 388

惊喜 - 390

米粒 - 392

笔画 - 394

我的姓氏 - 397

你 - 401

疯子 - 403

感恩 - 405

名片 - 407

约定 - 409

三言两语

噪音 - 411

门缝 - 412

π - 412

有爱 - 413

枯枝 - 413

好诗 - 415

小溪的绝望 - 416

考试 - 417

经典名诗译文

凯风（节选）- 420

采薇（节选）- 421

蒹葭（节选）- 422

九歌·国殇（节选）- 423
长歌行 - 424
孔子世家赞（节选）- 425
天马二首·其二 - 426
七步诗 - 428
杂诗十二首·其一（节选）- 429
饮酒·其五 - 430
诏问山中何所有赋诗以答 - 431
人日思归 - 432
守岁 - 433
蝉 - 434
奉和咏风应魏王教 - 435
咏柳 - 436
回乡偶书 - 437
登鹳雀楼 - 438
望月怀远 - 439
渡汉江 - 440
送柴侍御 - 441
芙蓉楼送辛渐 - 442
凉州词 - 443
怨情 - 444
黄鹤楼送孟浩然之广陵 - 445
望庐山瀑布 - 446
赠汪伦 - 447
宣州谢朓楼饯别校书叔云（节选）- 448
望天门山 - 449
送友人 - 450

劳劳亭 - 451
古朗月行（节选）- 452
早发白帝城 - 453
月下独酌 - 454
杂诗三首·其二 - 456
相思 - 457
鸟鸣涧 - 458
送元二使安西 - 459
画 - 460
山居秋暝（节选）- 461
春夜喜雨 - 462
江畔独步寻花·其六 - 463
绝句 - 464
望岳 - 465
绝句二首·其二 - 466
逢雪宿芙蓉山主人 - 467
秋思 - 468
渔歌子 - 469
游子吟 - 470
枫桥夜泊 - 471
视刀环歌 - 472
秋词 - 473
江雪 - 474
题都城南庄 - 475
赠去婢 - 476
悯农 - 477
大林寺桃花 - 478

忆江南 - 479

赋得古原草送别 - 480

夜雨（节选）- 481

问刘十九 - 482

剑客 - 483

金缕衣 - 484

乐游原 - 485

清明 - 486

蜂 - 487

乞巧 - 488

浣溪沙·一向年光有限身 - 489

元日 - 490

饮湖上初晴后雨 - 491

江城子·乙卯正月二十日夜记梦 - 492

定风波·南海归赠王定国侍人寓娘 - 494

水调歌头·明月几时有 - 495

卜算子·我住长江头（节选）- 497

蚕妇 - 498

如梦令·昨夜雨疏风骤 - 499

声声慢·寻寻觅觅 - 500

小池 - 502

晓出净慈寺送林子方 - 503

观书有感 - 504

醉下祝融峰作 - 505

西江月·夜行黄沙道中 - 506

颂平常心是道 - 507

退步 - 508

幽梦影（节选）- 509

幽窗小记（节选）- 510

明日歌（节选）- 511

牡丹亭（节选）- 512

竹石 - 513

新竹 - 514

《红楼梦》海棠诗六首 - 515

《红楼梦》菊花诗十二首 - 521

癸巳除夕偶成 - 533

村居 - 534

送别 - 535

偶然 - 536

教我如何不想她 - 537

卜算子·咏梅 - 539

礁石 - 540

断章 - 541

小花的信念 - 542

乡愁 - 543

诗的葬礼 - 544

面朝大海，春暖花开 - 545

见与不见 - 547

古典诗

木兰花慢·蒲公英

记南坡野处,众眉举,等春风。
不待百花开,何须斗艳?嫣白稍红。
朦胧。
恰车马过,怨年华岁月太匆匆。
谁伴婵娟弄舞,好风载我西东。

征蓬。
欲远还休,难为事,竟千重。
任四海三江,烟波浩渺,依旧蓑翁。
惊鸿。
纵怀怅惘,泣山峦日暮掩梧桐。
犹自身轻漫卷,浮云散去皆空。

柳永体,词林正韵

满江红 · 贺兰山

西夏环峰,王陵起,大河弯处。
千载久,长风劲扫,荒川无雨。
低草黄羊云尽散,空留枯道男儿去。
远方来,只泣贺兰山,当年武。

高崖壁,图邀舞;
横戈戟,张弓弩。
忽清溪路转,异花犹抚。
怎是一生难一世,何来壮志添丰羽?
众声咽,独梦自吹箫,迎军鼓。

柳永体,词林正韵
2023年游贺兰山下的西夏王陵及古代岩画,想起岳飞将军的《满江红》,随一首

望海潮

翔龙湖侧,危峰耸立,岩开涓水明沙。
轻履扁舟,凉衣短杖,寻幽揽胜吟花。
竹影护鱼娃。
瀑急散千缕,珠雾蒙纱。
铁索丹梯,悬万年赤壁丹霞。

黄樟曲径辉斜。
恰云深诵乐,出入袈裟。
风动舞幡,心生净意,亦无所住禅家。
随百虑升华。
谈笑人间事,泉煮柑茶。
自本来无一物,何念那生涯?

柳永体,词林正韵
记六祖惠能南华寺,近有丹霞山

忆旧游 · 春怨

又举眉春处，不见君归，四月谁邀？
鬈鬈垂柔发，数匆匆去岁，几度新苗？
却有拙星时现，笑语醉良宵。
纵燕舞莺歌，花香纷扰，难掩心焦。

朝朝，柳前诉，嫩绿送芬芳，暗绕斜梢。
妒合花冰瘦，怨红玫火簇，银海迢迢。
天涯魂梦牵手，冬雪几曾消？
只人去楼空，琼阶悄影明月桥。

周邦彦体，词林正韵
读莎士比亚十四行诗第 98 (Sonnet 98 From You)

踏莎行·京城

淡雨迷幽,疏星暗户。
明城古道花如故。
怎怜黄雀挤枝寒,雁高迴转无留处。

秋送菊霜,春来柳雾。
此番闲事谁人诉?
浮云无力舞斜阳,伴君飘下香江去。

注:2018年年初,京城小留,突逢雨雪,四下迷蒙。窗下环路,前挤后拥,喇叭声咽,稍添几分惆怅。十年前海外返京,仍历历在目,屈指堪惊!

晏殊体,词林正韵

八声甘州·当你老了

恰暮年华发倦昏昏,低舍小炉红。

念信书入夜,沉思久缓,犹忆孩童。

却是温眸脉脉,波影自不同。

岂止风流子,拥宠华浓。

看尽真情假意,只郎君那日,亮闪朦胧。

爱灵魂洁圣,仍慕你苍容。

对佳人,低头喃语:怎奈何,碧水总流东。

云山处,欲藏泪面,银雨玲珑。

柳永体,词林正韵

读叶芝 When you are old

一叶落·九月

渐晓露,
秋风顾。
小窗梦觉却当午。

日高树影稀,
流光人虚度。
人虚度,
望断天涯路。

李存勖体,词林正韵

点绛唇·山径

落叶无声,黄昏又抹霜前雾。
徘徊四顾,细雨迷人路。

石径绕斜,忽现阑珊处。
好绮户,群山环语,留与神仙住。

冯延巳体,词林正韵

忆江南·山林

空山寂,风入草横移。
却看枯林飞卷叶,犹思娇影折弯枝。
谁记去年诗?

白居易体,词林正韵

洞仙歌·雪

何方净雪,借晨曦邀唤,终日轻狂舞天乱。
小窗窥、梅梢忽见初红,谁人女,靓发冷枝同颤。

遥想层云外,一览苍穹,皆是群星醉银汉。
怎奈奔波人、生死沉浮,言未止、西流东散。
落日尽、婵娟化冰凌,悄相问、春芳可归南岸?

苏轼体,词林正韵

定风波·回乡

残叶篱垣遇冷秋,
一池寒水几分愁。
半百梨花言道好,
却老。
犹思红伞海棠留。

纵是归乡年已晚,
谁唤?
东来西去少兰舟。
回首不堪人间事,
无纸。
江风击水水横流。

欧阳炯体,词林正韵

女冠子·哀

中天冷月,窥看山川明灭。客无眠。
布枕秋风起,罗衾不胜寒。

斯人随鹤去,寥廓断青烟。
梦醒夫犹醉,待来年。

温庭筠体,词林正韵

满庭芳 · 登蒲台

云岭相依，水天一色，晚潮津渡笛扬。
时节莲动，雨过又新妆。
蒲岛居然异美，夫人笑，老叟痴狂。
销魂处，情犹未尽，何必下南洋？

奇石东入海，临风浪打，历忍沧桑。
雁归去，孩时滚滚长江。
休问山南倦客，人穿往，谁诉衷肠？
凭栏久，渔樵不再，滴血似残阳。

晏几道体，词林正韵
蒲台岛位于香港岛东南

八声甘州·病

念皑皑冬至故乡林,净雪葬悲秋。
恰朔风南下,小窗紧闭,无病仍忧。
窈窕佳人遮面,残日照空楼。
却有西湾渡,逆水孤舟。

闲踏荒坡野径,正风高云展,江海横流。
恨来年无绪,万事奈何休?
仰天叹,穹苍尽碧,木凋零,又岂止人愁。
沙洲冷,更斜阳外,点点惊鸥。

柳永体,词林正韵

洞仙歌 · 爱

君言夫爱,又何须明意?
休道雍容好端丽。
笑当年、飞墨袖舞华章,交杯饮、浓醉不堪日起。

想那人间路,皆是无常,斜雨犹追去年事。
雁过人留处、时喜时哀,今朝泪、前宵挂记。
长相守、唯君念吾情,情何物?偏偏此生来世。

苏轼体,词林正韵

读伊丽莎白·勃朗宁 If Thou Must Love Me

祝英台近 · 浅秋

日犹长，人着素。
唯是暑难去。
欲下兰舟，又恐漫山雨。
雁排一字长空，初春来路。
或留话？云中无语。

夕阳暮。
却念今夏唏嘘，骚文可曾诉？
林染疏黄，似道世间苦。
愿凉风卷芳来，情回津渡。
待月起，有谁同舞？

辛弃疾体，词林正韵
犹记 2023 年夏河北洪水

菩萨蛮·苏拉

茫茫黑雨飞流疾，东江已是三番溢。
天黯抑初秋，湾深无渡舟。

小窗斟独酒，残月藏云后。
菩萨几曾来？人间满目哀。

李白体，词林正韵
苏拉是 2023 年最大一次台风，近 16 级

暗香·她走来

玉人影过,即穿苍云碎,遥遥星座。
昼尽夜初,正是秋眸好为乐。
化入夕晖淡去,却胜似,明华晶烁。
长一影,短一斜光,绝色五成弱。

新雀,庭前落。且雾鬟雪肤,娉婷冰薄。
胭红嫩廓,温雅甜馨扰魂魄。
一抹情思婉笑,犹静素,已倾群爵。
亦童蔻,心几净,待来年约。

姜夔体,词林正韵
读拜伦 She Walks in Beauty

小重山

正是东山芒草新。一年一入画,不同云。
秋来风紧扫枯林。轻履上,天外数烟村。

却道世纷纭。沉浮皆逆水,有谁吟?
落荒寒岭不随君,一一举,寸草寸芳心。

薛昭蕴体,中华新韵
香港大东山11月份是观赏芒草季节

摸鱼儿 · 致辞

看人间，绰姿男女。

悠悠娱戏方步。

只英郎入台光闪，挥手众君停舞。

曾相遇。

何不是，强颜吞泪抛心语。

世间衷苦，尽化入闲谈，万般焦顿，一笑竟无顾。

伤心事，恰似春来急雨。

惺惺洒泪难诉。

闲云淡日千秋古，仍有桂花香露。

思念处。

君莫走，断肠残月无花絮。

年年暗度。

难得此番情，今生有幸，相伴夕阳路。

晁冲之体，词林正韵

读 Audrey Hepburn 为男星 Cary Grant 致辞

念奴娇·路易湖

玉阶环眺,晓风起,徐散千层浓雾。
乳绿欢溪,林涧跳,奔泻低头不顾。
万载银川,蓝湖似镜,道险辞难赋。
人间犹此,广寒何必舟渡?

那是曾几何年,恰时逢意懒,山间闲住。
异石奇峰,当自在,不惧刀风凄雨。
故地重游,悠悠日月久,岁华疑误。
何方新酒,且浇人世归路。

苏轼体,词林正韵
游加拿大 Banff 国家公园

忆秦娥·他乡月

孤灯灭。
风来水涌他乡月,
他乡月。
嫦娥远去,
空留思别。

几曾屈指寒冬节。
楼台应染江州雪,
江州雪。
飞星梦断,
天苍音绝。

李白体,词林正韵
2007 年写于纽约郊区

更漏子 · 梦醒

五更天,鸟声碎,梦醒汗流新被。
强启步,小窗窥,后庭疏影稀。
心骨累,难入寐,妻子依依浓睡。
天阶露,小风微,隔栏花落飞。

温庭筠体,词林正韵
2006 年写于纽约郊区

汉宫春·元宵节

正月迟寒，透冰清斜柳，向暖含娇。
虫鸣隔窗渐碎，仍待鹅苗。
昏昏乱世，怎堪问，明日元宵？
亲难聚，纵然胡饮，愁来冷雨潇潇。

愈远乡途怎顾？是痴儿放任，终日逍遥。
春风十里得志，诗赋蓝桥。
花灯弄巧，游人曲，走马红桃。
更一醉，良辰尽去，来年好不心焦？

晁冲之体，词林正韵

南歌子 · 端午

好雨迟仲夏

苗青齐陌头

无名溪上泛轻舟

短调长歌温酒

且悠悠

翁媪缠新粽

小儿戏雉鸠

云前凉瓦绿莺州

何似人间碌碌

赛花楼

毛熙震体,词林正韵

沁园春·惹

雪湿层林,依旧茫茫,指日暖春?

怎奈春难悦,酷寒不弃,乃谁过失,四月冰晨?

独倚兰窗,乍醒无话,早去迟来天覆轮。

不知故,岂愚人之事?只管迎宾。

何须自惹风尘,那段怨,焉曾明细因?

却酒前难咽,无端奔涌,泪红文字,挥斥经纶。

万物沧桑,星辰瞬变,且待心安观众神。

莫有恨,恰时逢最好,作甚眉颦?

苏轼体,词林正韵

鹧鸪天·别胜琼

怎是三更别胜琼？愁花残月卷东风。

相公路远追晨晓，乍暖罗衾意正浓。

星斗散，泪颜红，多情回首叹帘栊。

此生只为郎君泣，青院人空盼月同。

读宋朝官人李之问和名妓 / 诗人聂胜琼的逸事，因琼姑娘一首《鹧鸪天》入《全宋词》，风流千古。原词：

鹧鸪天·寄李之问 文 / 聂胜琼

玉惨花愁出凤城，莲花楼下柳青青。

尊前一唱阳关后，别个人人第五程。

寻好梦，梦难成。况谁知我此时情。

枕前泪共帘前雨，隔个窗儿滴到明。

雨霖铃·春词

何来相思?索然无绪,恼一春字。
风情万般滋味,安能载得?唯撩胭媚。
细雨朝朝暮暮,执清风吟事。
扰倦客,三两浑盅,月去歌沉怎堪醉?

轻罗袖舞留芳意。
自销魂,入枕人难寐。
东来紫雀曾遇,枝上乐,水前花坠。
去岁红娇,不再回眸,韵影殊异。
好梦浅,荡漾千番,怎奈郎憔悴。

柳永体,词林正韵

鹧鸪天·渡口

两小无猜隔水邻

茅檐低矮不嫌贫

年年垂柳招津渡

岁岁桃花送暖春

小镜举,画眉新

二八初满女儿身

红舟可是今宵至

喜鹊七七不等人

晏几道体,中华新韵

如梦令四首

(一)

楼外短桥日暮,
月起轻摇醉舞。
怎奈客匆匆,
道是光阴已误。
从速,从速,
或恐尽头无路?

(二)

绿水青石无路,
雨过空山泉谷。
却有浣足声,
枝下时光虚度。
虚度,虚度?
胜过人间无数。

（三）

怎奈春红去早，

日暮东风人恼。

淑女叹飞花，

七日芬芳太少。

不少，不少，

夏绿秋黄蛮好。

（四）

自是枝头浓密，

怎奈细根地底。

遥想少年时，

尽日花香无力。

儿戏，儿戏，

直到人枯明理。

凤凰台上忆吹箫·秋日独白

薄日莺飞,圃园匀慢,丽人飘绕黄花。

任露滴湿袖,冷雾侵纱。

昔日谁人意已,千里路,梦在天涯。

西风起,凉阶坠叶,竟有七八。

寒鸦。拣枝眺远,山外雨堪急,蹦蹦喳喳。

只旧屋常记,仍有温茶?

低首何怜幽草,虽命苦,来岁青芽。

黄昏近,斜风影长,淡走年华。

李清照体,中华新韵

破阵子 · 乐者

遥远东方来客
山峦无际星空
唯有人间多惨剧
幕幕伤心几万重
随风入眼中

怎不一弹小曲
妙娴素手情浓
古老风霜纹折里
亦是深眸泪水朦
何来浅笑容?

晏殊体,词林正韵
读叶芝 There, on the mountain

破阵子·饮马

礁岸狂涛骤起

乱云石垒无言

暮草凄凄呼断骨

苍海沉沉寻紫烟

英魂何处眠？

东寇觊觎日久

隔洋更有西番

饮马雄滩金甲血

只为中华黄土全

吟风东指鞭

晏殊体，词林正韵
访高雄旗后炮台，悼抗日将军唐定奎

鹊桥仙·七夕

迢迢银水,恰逢七月,却是去年津渡。
扁舟犹怯晚来风,灯未灭,谁家庭户?

年年秋梦,佳期相会,只为柔情醉舞。
怎堪催晓不留人,旧愁断,新愁无数。

欧阳修体,词林正韵

清平乐三首

（一）

心烦意恼

移步榛林道

自切新杆何不好？

时有白蛾相扰

天外烁烁繁星

紫莓牵线如铃

一掷清溪圈媚

银鲑摇曳精灵

（二）

鱼娃斜裸

老叟忙生火

地上闻声人欲躲

寒舍谁曾唤我？

惊艳少女婷婷

花簪颜玉水灵

转首美人已去

薄光怎未留名?

(三)

何言已老

踏遍青山草

千里苦行寻窈窕

一吻人间最好

斑野举目茫茫

梦撷夜短天长

禁果自来何处?

金银日月斜光

冯延巳体，词林正韵
读叶芝 The Song of Wandering Aengus

清平乐·雪水

水清山峻,
雪软白滩润。
朝看溪流农家问,
莫是春娘已近?

依是三九冰天,
时光故做流连。
诗客浑无介意,
却喜寒冻绵绵。

李白体,中华新韵

采桑子 · 港湾

白云山下千帆过

却是闲悠

却是闲悠

一晃不知春与秋

小窗惊梦冠风起

笑语皆休

笑语皆休

天若有情雨更稠

李清照体，词林正韵
记 2015 年，不安宁

一剪梅 · 江东

碧水江东径自流,白雾难收,梅雨无休。
轻舟又到外桥头,左有青楼,右见茶楼。

向晚南风凉似秋,鸟宿鹦洲,人聚阁幽。
天涯落客尽乡愁,日去谁留,月起惊鸥。

周邦彦体,中华新韵
访周庄

一剪梅·伤心的爱

垂首深宵梦中缘,忽现良人,潇洒英年。
漫天星斗伴君回,正是芳华,忘返流连。

妙手难得几度闲?巧具工盒,野道荒原。
此生只为爱伤心,折柳春风,赠我明天。

周邦彦体,中华新韵
读 Anne Carson 的英文小诗 O Small Sad Ecstasy of Love

虞美人 · 壁画

黄花雨路迎新客,
靓影清池澈。
残云无语送黄昏,
谁是茫茫四海觅佛心?

千年峭谷仙人迹,
画者何方泣?
驾风呼唤大神留,
一醉哪来世上许多愁?

长相思

老翁言,事事迁,相送斯人离世间,伤心在路沿。

手藤鞭,腿枯弯,前日缠绵已难全,春江东不还。

欧阳修体,词林正韵
读叶芝 I heard the old, old men say

天净沙 / 钗头凤

诗文曾是无聊
不须美眉撒娇
不比英雄战袍
如今倒好
笔来神句如潮

他人句,已无趣。
若非青剑楼前遇。
如今我,鲫鱼过。
不闻无声,冷肠情惰。
作,作,作!

词林正韵
读叶芝 all things can tempt me

十六字令

她
圣火纯青冷酷花
如弓挺
傲世在天涯

乌夜啼

晓踏青苔径，
溪头数鸟争鸣。
暗香不见缘何处，
花静雨含情。

虽是春分却冷，
清池黄草无声。
黑云一去三千里，
明夜可安宁？

李煜体，词林正韵

浪淘沙令二首

(一)
谁舞海滩滨,雀跃童音。
腥风浊浪洒罗衾。
散发不知盐已浸,孩小无心。

旧爱又无寻,愚浅浮淫。
稻禾不见稻禾人。
何事最为来日恐,风飔噤吟。

(二)

谁舞在沙滩,皆是童欢。

腥风海浪洒罗衫。

散发不知盐已浸,孩小无寒。

旧爱又心酸,蠢浅镶冠。

耕禾容易捆禾难。

何事最为来日恐,风飑波澜。

李煜体,中华新韵
读叶芝 To a child dancing in the wind

七绝 · 吴哥

千年古刹诉高棉，
危塔云深俯断垣。
不看天朝三百寺，
只缘吴窟落人间。

2018 年年底访柬埔寨

思

少小无识弋水头，
长街九里几多秋。
而今岁岁南窗下，
却话何时入故楼。

2023 年回芜湖

回文诗

东风还暖春水蓝,
暖春水蓝化入禅。
化入禅林出仙子,
林出仙子东风还。

效仿东坡先生的回文诗

莲

不与梅花争雪花,
不与百花斗春华。
守得廊下一池水,
独伴哥哥赏晚茶。

访香港智莲净苑,池莲着实可爱

院家

岳麓山前好院家,
白墙青瓦映芳华。
多情最忆潇湘子,
雨过谁人葬落花?

访长沙岳麓书院

春至

冬辞昨夜冬梅去,
春至今朝春鸟啼。
百里琴声才子泪,
情痴尽此再无奇。

懒

千岁金龟缘于懒,
黄花两日养为娇。
忧心最是黄昏月,
每是三更盼雾消。

空园

人世茫茫悲有苦,
愁肠片片恨无音。
万金潇洒归沧海,
寂寞空园送晚春。

年轻医护

却是鹅黄先嫩绿,
新来小燕绕空梁。
居家纸笔追云梦,
深院书文守冷窗。
心底无哀难赋句,
眼中有泪易成行。
白衫疫海从容度,
夜静枕边母断肠。

五律

万物生天地,
流形未有边。
微芯虽尽速,
大道不随缘。
此乃雕虫技,
安能悟圣禅。
千年夫景仰,
何以附硝烟?

读 MIT 计算数学家 Peter Shor 为中国科学技术大学潘建伟教授主持的量子计算"九章"项目写的英文小诗

雄关

阳关狭道险,
大将镇西隅。
木碗凉宽面,
银盅暖细壶。
竖烟黄漠地,
横浪碧盐湖。
春雨明朝顾,
焉知故友无。

2023年访甘肃阳关等地

苏小小墓

西子太湖回，
空留苏小小。
行行绿意新，
处处红情早。
疏雨树朦胧，
徐风人窈窕。
难得游子归，
冷月来相照。

五律·隐

临溪青塔寺，
影外水无纹。
春醉花前雨，
秋痴岭后云。
月高星斗散，
日起大河分。
屈指惊宵梦，
三年不见君。

2020年年初疫情开始来袭，西湖无人，独自雨中走了一圈

文字

佳句为肴酒,
油然兴致归。
人贫何自贱,
身烬不生灰。
醉舞光阴黯,
诗书羽翼辉。
难能君自在,
事事尽芳菲。

读艾米莉·狄金森小诗 He ate and drank the precious words

宅家

流病三千例,
贫诗九万行。
无事随人乐,
有情自感伤。

天柱山

天惊地裂皖峰遗,
千丈飞云揽太极。
傲视江东八万顷,
一汪秋水洗征衣。

望月

每是中秋痴月色,
江风戏水扰冰泽。
金樽一曲云天唱,
四海无眠醉酒歌。

青城山

青城君顶日生辉,
放眼千山白雁飞。
路转忽闻轻步碎,
白须老道采菇回。

西湖闲步三首

（一）

一年一度西湖畔，

日暮东风细雨楼。

好景船头迟起笔，

闲人无数下杭州。

（二）

断桥残酒悔千秋，

九里长堤不尽愁。

日暖荷开虽自爱，

白仙每是雨中留。

（三）

空湖只觉青山远，

无绪烦心件件愁。

恩爱鸳鸯难晓事，

双双竟自客前游。

羽箭之歌三首

（一）

横空一羽箭，

入地怎得知。

刹那飞星过，

焉能捕骋驰？

（二）

乘风一小曲，

入地怎得知。

拭目虽明锐，

闻声早已迟。

（三）

岁岁年年去，

犹插朽木痴。

闻君吟此调，

老叟暖心思。

读 H. A. 朗菲罗英文诗 The arrow and the song

现代诗

时间

时间像倾斜的轴
生命
如同露水
从天上而来
落在轴的某点
清澈动人

水珠朝同一方向蠕动
不时折射着光彩
也沾上了些尘埃
渐渐地
不透明了

有的说

它长知识了

有的说

它变庸俗了

水珠在膨胀

越滑越低

没什么特别原因

一个趔趄

从轴上坠落下去

渗入了泥土

谁也没在意

第五维

三维的动物
在窄小的空间
沿着时间蠕动
互相比试鄙视

神摇摇头
这些行尸走肉
一挥手
加上一根虚轴
看不见
摸不着
神:
就叫灵魂吧

空间迟早会坍塌

时间要轮回

只有这第五维度

不停地伸展

弥漫整个天体

没有声

没有字

却记下了所有的罪孽

白纸

来的时候

像一页小纸

白白净净

风一来

在手指间颤抖

发出瑟瑟的响声

周围的一切

都让他那么不安

是兴奋

还是恐惧?

第一笔就没有画好

之后越发难了

几十年下来

全是油墨

看不出什么形状

更谈不上怎么优美

只是懒懒地摊在那里

像在思索

其实是迷茫

成一堆厚厚的帆布

只感到沉重

突然觉得最好的画

是什么也没有

就像刚来一样

轻轻的

白白的

有人说

是可以回去的

只要愿意放弃一切

那就放弃吧

都没那么重要

不对称

天空展向无际
鹰在翱翔
随心所欲
四面八方

却有人说：
那边有个黑洞
跟其他方向不一样
小心

老爷子在嘀咕：
只有左撇子右撇子
哪儿会有
一个没撇子的？

对立

必有强者弱者

认了即稳定下来

势均力敌谁让谁?

数学家的笔记

逻辑完美

对称也是一种完美

其他全是颠三倒四

过客

啪!

小蚊虫

半身浸血

罪恶中呻吟:

结束了

还以为要活到黎明

夕阳照着金山

一亿年了

暮暮如此

专家说:

一亿年之内

还有一次地壳运动

它会沉回大海

窗前的影子

几十年了

来回晃悠

不长也不短

跟万物一样

正在过场

安静

他醒了

睁大着眼睛

盯着妈妈

打量

期待

妈妈也看着他

无声

只有爱

一秒钟

也许更长

突然　他大哭起来

是饿了吧?

给

没有蝴蝶

就没有春天

春天去了

蝴蝶也不见了

知道吗?

有的蝴蝶

只活七天

一生只爱一次

交尾后的三天

雄蝶死了

产卵后的三天

雌蝶也死了

花还开着

蕊粉已经送完了

没什么还要做的

歇了

山花

孩子

春天

——都给了

梦蝶

梦中

成了你

飞起来

姗姗摇摆

不慌不忙

不知为什么

没变成一只苍鹰

翱翔在高空

也没有变成大雁

志在远方

只是遗憾

醒来

顿然悟了

是你变成了我

的确

我是虚

你是实

标本

都飞起来了

只是她的小翅最为靓丽

飞来飘去

连花儿都伸长脖子

来讨她的喜欢

也许觉得只有她

能把香粉带去一个美好的地方

天天忙着

今天也一样

做活　追逐　戏耍

突然

一张大网铺天而降

全被罩住了

一个刺耳的声音响起：

——把那只漂亮的留下

　　其他的都放了吧

不敢再飞了

躲在花丛后面

那个声音还在继续：

——姐姐来教你做蝴蝶标本

先要尽快把它弄死

这样才能保持色彩鲜艳

然后拨开它的翅膀压平

用小针从背部插入它的胸膛

再软化风干

放入相框里

挂在客厅墙上

好看的

爸爸妈妈会喜欢

嘻嘻

死亡的诗

多了一层假象

以为会永存

其实

仅仅成了神的玩物

八月的孩子

一池污水
晒得滚烫
不时翻起浑浊的沫沫
整个世界
都躲在阴暗里
沉默

只有它们挺拔而起
托出白里透红的鲜艳
忠诚的露珠
伴随着花和叶
回旋起舞

一夜狂风暴雨
美丽变成了垂老
只是
新的生命又出现了
是她们
那些平整的脸庞

和即待勃发的情痘

仰望着

在渴望

——多一些阳光吧?

 我们来了

 人们起了各样的名字

 都不好

 还是叫我们:

 "八月的孩子"吧!

——Ok, my dear,

 Augusta,

 Augusta!

老树

荒野里的那棵枯树

就像个倔强的老人

绿叶早已飘尽

黑黑的皮壳大多斑落

根部也近枯朽

然而

它尖利的枝干

却像有力的臂膀

狂风中

执着地伸向天空

它是在向往什么

还是在祈求什么?

都不是

它不再向往更好的未来

因为已经没有未来

更不会祈求下一次生命

因为生命的终结

就是最后的终结

曾几何时

它也绿荫过

也紫妍过

但此时

它只是在感恩

感恩上天给予的

每一日每一刻

它深知有一天

它会随着落日倒下

但又坚信

它顽强的毅力

会挺过一次又一次风雨

它只是在想：

要活着

要活好每一分钟

枉费了天公的恩赐

是不可饶恕的罪孽！

此刻

它也在期盼

期盼在它即将安息的地方

生出一缕纯净的青芽

它将用自己残存的余温

来呵护新苗的滋长

用它即将湮灭的干躯

送去第一份营养

2018年驾游澳大利亚 Outback 荒漠,路边的老树让人印象深刻

提灯

都说

人死了是一片黑暗

但灵魂还在

黑暗让人恐惧

因为它跟死亡相似

世上仍有万物

但又等于没有

谁都看不见了

卑微的人看不见

尊贵的人也看不见

黑暗把一切都抹平了

黑暗是永恒的

永恒就无须渴望

光明是短暂的

短暂才值得追求

在那个黑黑的洞里

不知道有多少人

也不知被遗忘了多久

眼睛睁着

却是无止尽的黑暗

突然　一声颤抖：

——提灯的人

　　　还来吗？

绝望了

不论你是谁

不管你会领向何方

都一定会跟着你

只要能看到一线光明

灰烬

从初始

到最后一次的努力

都献给了你

喘吁吁

耗尽了一切

只为了跟上你

运气

挤上了这艘飞船

满满的

有个位子腾了出来

但没说

另有一位

刚刚被扔了下去

时时被提醒着

每位的命运

都同样

再大的能耐

某一天

也会变成负担

然后被扔了下去

化为灰烬

撒在天空

光速向前依旧

却不知去向

想问:

是个大回环吗?

没有回答

无情

在最后的刹那

出现

你是

Ⅰ.

路边

一团龌龊

来往的繁忙

格格不入

偶尔

有人瞥他一眼

好奇的

鄙视的

醉汉却兴奋不已

对我还在

怎么看随你

哈

Ⅱ.

屋里

就你一人

没有铃响

没有客来

无所谓

思索

漫无目的和逻辑

耳边

微微的声音:

Je pense, donc je suis

你在想

你就是!

低语

它们在交流
自己的音频模式
人听不到
也听不懂
竟以为
万籁无声了

草枯了
叶落尽了
活泼的动物
也开始冬眠了
是这样的?
也许只是人类的假设
却看成了事实

该下雪了
关闭所有的门窗
壁炉正旺
捧着书

却打着瞌睡

偶尔几句梦呓

无人在意

全然不顾

整年无所事事

现在又藏了起来

实在无语

天上

谁又不满意了?

自我

他变了

都这么认为

见过

也觉得是

可他说:

我还是我

怎么会变?

是你们不了解我而已

其实

我也不了解我自己

对着镜子

只是一张面孔

一会儿哭一会儿笑的

是我但又不是

一个表象

不是真正的我

完整的我

可是又答不上来

那个自我究竟是什么？

更不清楚以什么形式存在

或是否存在

就像魂

是个虚无

跟肉体时而在一起

时而分开

还是有感触

甚至感悟

有痛苦或喜悦

忧虑思考

从未间断

验证了吧？

自我应该是在的

不想再去质疑

相信最好

否则无解

只是表象太多

你们说我变了

就变了吧

说不准

又会变回去

为了生存

或逃避

到头来

重要吗?

深秋

人该穿暖的季节

大自然裸了

山有些光秃

生存是个零和的游戏

砍柴的出发了

长满老茧的手

在掐着盘算

这些枯落的树杆

过冬也许够了

要为这些枝丫伤心？

没听说过

执着的是文人

秋风一起

就立在窗口

写那些凄惨的诗

下沉的夕阳

是否也欠着两滴眼泪？

花明年还是会开

树会再长

人在叹息中过日子

只会多几道皱纹

一年又快过去

还在无所事事？

三杯两盏浑酒

欲语　无语

蹉跎　虚度

呵呵　不想听了

捡柴火去吧

下雪就不怕了

秋草

秋风一起
有些肃穆的感觉
没有百花的喧闹
倒是清静不少

漫山的芒草
最让人喜欢
风一吹
像金色的海洋
滚滚而来
又滚滚而去

走近了
每一根芒草都平淡无奇
它自己也没什么意愿
要被人带回去供养

它们属于这荒山野岭

属于它们自己

亿万芒草在一起

是一个磅礴的场景

太阳升起了

是一个美丽的时刻

都说比梦幻还好

那些灿烂的人生

是否也是

无数的平凡连接在一起的?

2020 年 11 月游香港大东山观芒草

秋天

最怕写秋天的诗

好字儿早被古人用了

如今再拿来拼凑

实在难堪

不想去什么荒山隐屋

劈柴担水

采菇寻药

那些长吁短叹

是留给无奈的人

或异想天开的痴者

秋　没什么值得向往的

更没什么可留恋的

只是一个数字

加上九十天

枯叶落下

吹走了

随它们去吧

还在地球上

它们离不开

我们也离不开

没有离别

就谈不上痛苦

只是那干冷的风

把一切都吹得发白

鬓发也斑白了

风一吹

在耳边嗖嗖作响

不用照镜

已经知晓了

天凉

天气凉得挺快
可以行山了
屋后的小山头上
看不多远
就被前面的山挡住
很难有什么联翩浮想
也够了
视力本来就一般
志向也不在大山之外

不过走在坡子上
倒是想得少了
或者不大想
偶尔蹦出几个字
却是不知所云
也毫无逻辑
草木是否有它们的语言？

天还没亮就开始上山
鸟儿格外嘈杂
像在比赛
听说拂晓的鸟在树头叫唤
是为了占据地盘
还是在庄严宣告

地缘政治这玩意儿
鸟是跟人学的
还是人跟鸟学的？
想笑　又笑不出

白夜来临

北极圈内搭了个木屋

天暖时

请来做客吧

那时雪也化了

冒出短短的草

这里是世界的尽头

离文明很远

离天堂很近

夏天的太阳在这儿

永远不落

爱斯基摩人也醒来了

走出墩实的土屋

会和我们一起

大碗饮酒　起舞

我们可以在海岸线上

踏着刺骨的北冰洋水

疯狂地奔跑　喊

厚厚的冰块离开了岸边

似乎一年比一年远

也不用怕北极熊

它们一年比一年少了

隔壁镇上

打井的人又要到了

朋友们　早点来吧

水现在还是清亮的

空气还是纯净的

舞没跳够　就尽量跳吧

夏天很快就会过去

这里会变得很黑　很冷

而且是

很黑　很冷　很长时间

20 世纪 80 年代末游阿拉斯加最北处 Barrow Point

潘洛斯的阶梯

蚂蚁的悲剧
是贴地面太近
人和鸟的面前
少了一个维度
落到莫比乌斯带上
慢慢地爬一辈子

人类鄙视蚂蚁
因为它们没有高度
人总想着往上走
觉得尽头那个收敛处
有个天堂

抬头仰望
潘洛斯的阶梯上
站满了黑压压的人群
眼睛直直地冒着欲望

听说　空间里

奇点可能更近

最便利的测地线会引着你

加速度

滑入黑色的无穷

地狱是这样的吗?

似乎总是比天堂来得早

只可惜

那个刚买的手机

也随着光芒的塌陷

化为乌有

潘洛斯（Roger Penrose）是 2020 年度诺贝尔物理奖得主之一

黑洞

从来不明白

只活几十岁的人

要去好奇

亿万年的宇宙起源和归宿

还真想跟上帝玩一把骰子?

都是个故事吧

盘古是个伟大的故事

旧约是个伟大的故事

相信了

也许少一些纠结

天体物理也是个美妙的故事:

整个星际

正被拖向一个尽头

不是上帝

不是引力

而是什么? 曲率?

大弯曲的加速　晕眩

空间在挤压

一切都开始拉长

越来越细

成了几根发丝

在那个黑暗的边缘

在即将穿透那一刹那

飞物达到了光的极限

骤然间

时间冻结

我们永存

惊醒

一身冷汗

等

期待

想象

受空间制约

撒野的小球

四面碰壁后

终归要回到原处

无边的宇宙里

那些破灭的星星

沿着弧形的轨迹

是否也该回归?

只是

时光过短

曲面太大

没到那个光辉的时刻

这些就会消失

等　或不等

对你　我

都没有意义了

但

还是有人在等

冥想的世界

突然被压缩了

只剩下 1.3 维的空间

一切显得窄小扁平

只能蠕动

不能跳跃

也有人不以为然

一心牵挂着那块饼

只是画在了天边

太遥远

宇宙也许很大

但这儿却很可怜

向三个轴向都无法伸展

就像生命一样

不多远就画上了句号

能有一碗粥的

尽快喝下吧

Fractional dimension 是一个数学概念

数字之诗

世界变得无趣

人越来越聪明

该知道的知道了

不该知道的也知道了

上帝的钥匙正在被发现

没有秘密了

没有想象了

这把钥匙就是

数字

音乐家在哭泣

已经哭泣了很长时间

音乐本来就是数字

七个音符

八十八个黑白键

没什么神秘的

从辉煌的交响乐到乡村的小调

不外乎是些数字的排列组合

莫扎特贝多芬被解密了

Simon & Garfunkel 也被解密了

还有谁？

此刻

诗人在海边散步

微笑中带有淡淡的自豪

他们是在创造最高尚的文化

天赋无法取代

长长的头发在风中散乱着

全不知晓即将到来的风暴

不用去嘲讽那些

古板的诗

低俗的诗

谄媚的诗

最该感到恐惧的是

数字的诗

它们很快就会到来

将把人类彻底打回原始

也没什么

本来就是农民

回家吧

坐在凉凉的石阶上

一起哼：

一扇大门早上开

两只黄雀唱歌来

三条赤鲤河中戏

四个爷们尽畅怀

……

呵呵呵

嗨嗨嗨

碎

一直在探索

那个万物之本

生命起源

可从一开始

就弄反了方向

本源

不是最大

而是最小

小得不能再小

是否存在?

也不知道

更无法证明

只是不断地在被分解

不断地破碎

尘埃

如果充分小

也许会留在空中

每时每刻

上下左右

都在被撞击

做着毫无道理的运动

也无所谓

每当得意之时

敲打让你清醒

再俯瞰大地

尽是些污泥浊水

那些不甘渺小的颗粒

一直在无畏地膨胀

变得太沉

再也浮不住

摔了下去

被泥水冲走

最终

只能庆幸

从来就微不足道

孤舟

那只独木舟
一直没人
上去吧
躺平

云在天上
一会儿向西
一会儿向北
又高又远
只能向往

懒得动弹
偶尔转半个身
有两块石头
左边扔一块
右边扔一块
两声响
有了存在感

唯一的祈求

在船裂开前

冬天就来了

白云变成白雪

大片大片地

落在身上　压紧

又湿又冷　又暖

终于拥抱了

旅人

这个旅途
不记得从何开始
也不知何时结束
一切都在漂移
身体在地面上
按设计好的轨迹挪动
兢兢业业

魂　等不及了
早已飞走
在高处
时而有些茫然
寥廓的空间
无限的时间
让它不知所措
它不知道
属于谁
该做什么
怎样去做

它又开始关注地上的身子

甚至有点羡慕

他有序

似乎懂得什么

每天都有一个目标

突然想去问问他

这是怎么回事？

他回答：

——我也不知道

从没想过什么意义

只是一个匆匆的旅人

总感到

时间不多了

得把每一刻过好

漂浮

湖面上

一根木头平躺着

虽是一汪死水

不时也有些波动

木头跟着来回漂浮

有时打个圈圈

木头上的青苔

冒出短短的小芽

偶尔一只小雀落在上面

叽喳几声

寂寞中带来一点生气

木头感到自在

但又稍稍伤感

没有一个根

也就没有生存的理由

漂来漂去

总是在被摆布

看着水下

很多木头沉在湖底

已经发黑

浸透了水分

沾满泥污

重得像块锈铁

半埋着

不动了

安详了

那将是自己的归宿？

又仰望着天空

几片云值得羡慕

高雅　纯白

他正想唱歌

白云打断了他

——我其实跟你一样

风让我去哪就只好去哪

哪天沉重了

变黑了

就会坠落下来

洒向地面

流入水沟

谁知道

幸运的话

可能来到你的小湖

——那太好了

我等你

跋涉

是个大时代
不该暖的季节却迅速变暖
万年的冰川开始融化
一块块陆地逐次露出黝黑的脸
夏娃的后人
打起包裹
离开炽热的东非
情愿或不情愿

坚忍地跋涉
沿着非亚海岸
向北向东
充满着恐惧梦幻
奔向陌生
经历了多少饥寒
走过了多少黑暗
生存的意志

也许是最大的动力

唯一的伙伴

只有火

恍惚

在夜色里

一列火把在闪烁蠕动

岩洞里

围着篝火充饥取暖

那是我们的祖先？

燃烧吧

火不熄灭

希望就不会熄灭

人类就不会灭亡

再坚持一程

快了

新大陆就在眼前

图腾

这片遥远的土地
人和神从没有忘记洗劫
只剩下了荒原和山峦
当然
天空仍是那么净朗

树林　稀稀拉拉
一望无际
一块不大不小的空地
围上火把
驱走了林子真正的主人
带来了安全感

大盘子上堆满了野味
杯子里泼洒着红酒
撕咬和咀嚼声
又回到了原始生存

半裸的男女们

围成一圈

火焰映照在背上

黑里透红

踏着强劲的节奏

狂呼起舞

双臂急促颤抖

伸向天空

背景里那个长者

手里的杵棒

满是缭乱的彩纹

顶部雕了只怪鹰

老人全然不动

确实一座经典

几分庄严

一丝神秘淡笑

皱纹里那双深邃的眼睛

依然犀利

水一般晶亮

跟着火星闪烁

年轻人抄起随身的吉他

跳入人群

在夜幕下弹唱乱舞

长长的秀发

在荒野的晚风中飘浮

半遮了双眼

啊——

销魂悲戚

仰天叹

善哉哀哉

残酒洒向四方

祭天地

诵一曲《破阵子》：

遥远东方来客

山峦无际星空

唯有人间多惨剧

幕幕伤心几万重

随风入眼中

怎不一弹小曲

妙娴素手情浓

古老风霜纹褶里

亦是深眸泪水朦

何来浅笑容？

废墟

也辉煌过!

高高的神坛上
那个充满使命的中音
对着苍天
在祈祷唱诗
脚下是血淋淋的头颅

密密麻麻的人群
闪烁着泪花
仰首举着拳头
有节奏地呐喊
山崩地摇

茫茫野林中
穿越另个时代
几个亡命之徒
无意中
踩进了这片宏大的方阵

惊喜若狂

怎是
头颅已成了灰粉
石台也近乎坍塌
那把无情的利器
黑得悲哀
斑斑点点
历年的好风好雨
抹净了血迹

尽头那两棵老树
扭曲着
互相缠绕
显然
还一直在争斗
上千年了

记两次访吴窟

末日飞机

西戈壁的黄土
在正午的阳光下
又干又硬
那架螺旋桨飞机
尘土里蹦了几下
终于停了下来

是架报废的军机
矿山捡了个便宜
用来拉货拉人
马达轰响时
座椅一起颤抖

最近的文明
也在几百里之外
这儿实在太苦
家都安在靠城那边
矿坑里连续干上两礼拜
回去轮休七天

在那边着陆是一景：

跑道的尽头

挤满妇女和小孩子们

闹闹嚷嚷

拖着的　背着的

还有喂奶的

吆喝着自己男人的名字

她们知道

不在这儿把钱讨到手

很快都送进了酒馆窑子

年复一年

日子就这么过的

没有什么情怀价值观

只有生存

世上的辛酸苦辣

来过这儿

都明白了

一阵气流冲来

飞机开始剧烈颤动

吱呀的噪声

像在撕扯　哀鸣

小小的窗洞外

一片漆黑

对面的老哥

淡定得近乎呆滞

不时晃晃他的脏胡子：

——这老牙机早该砸了

　　还在撑着

　　来个更大的沙尘暴

　　就都完了

　　总有一天　会的

一晚的噩梦

它　在空中散了

分不清是碎片还是人体

银色　红色

汽油味　血腥味　热

充斥着大气

汹涌的沙尘暴

翻滚着

像黑色的大口

瞬间吞噬了一切

忆 2010 年访蒙古南戈壁

沙

快到了吧

除了沙还是沙

越来越难走

又是一夜大风

连路也不见了

一个人影在迷茫中出现

瘦瘦的身躯

像根旗杆

破旧的长衫使劲地在抖

黝黑的脸

雕着太多太深的皱纹

——你们要找的塔
  一千五百年前的
  早已不在了
  这里曾经有森林湖泊
  有热闹的城池和古寺
  还有过往的异国客人
  都没了

那片空旷的沙漠

隐约可见几个石头堆

黑黑的影子

好孤寂

——再过一千五百年

　　怕是连那些石头也没了

夜里还在想那些个景：

层层的树木

蓝蓝的湖水

和时隐时现的金塔

还有异国的美人

忽然

有人在地铺上大喊：

——水　水　水！

是个噩梦

风还在刮

像是在为谁呼唤

沙子打在帐篷上

急促发响

阿米斯塔号

没有名字
只有号码
长长的铁链
把几百个身影
拉上了船
离开一片大陆
去另一片大陆

最底层
脚腕被牢牢铐在柱子上
黑黑的皮肤磨得发白
赤裸着
挤缩在地上
热渴饿
大大的眼睛
干干的舌头
人还是牲口
分不清了

舱壁上有个舷孔

拳头大小

能听到海浪的拍打

偶尔一束阳光射进来

给黑暗中的生灵带来一线希望

也许没有完全被抛弃

上帝还在远处召唤：

活下去吧

苦难的孩子们

不知道多少日子

几个礼拜

几个月？

每天从昏暗里

干瘪的躯体

有的还在弱弱地呻吟

被拖将出去

扔进海里

船　义无反顾地向前

这天凌晨

突然

甲板上一阵狂喊：

America!

God bless!

Oh, America!

船长放下望远镜

已经看到了那个堡垒

太熟悉了

里面那片空场

是交货的地方

看台上

那些穿着齐整的男男女女

会心地一笑

习惯地哑一哑大拇指

仿佛听到了哗哗的金币声

着实兴奋

下去刮个胡子吧

正好清理一下

海上那些讨厌的腥味

多年前游波多黎各的 San Felipe del Morro Castle，恰逢 Steven Spielberg 在此拍摄贩奴影片 *Amistad*，记忆犹新

远行

——走远些吧？
一个含糊的声音在耳边徘徊
跟进了这个小巴
来到了陌生的荒原

长途车程
形形色色的人：
这对年轻人是新婚
其实已经同居多年
新鲜劲没了
来这里找些个刺激
一路上饮料小吃
然后睡
……
唉　世界能交给他们吗？

那位中年男子
矜持的外表下藏着几分自信
小费阔绰
说要对全世界 GDP 做点贡献

只是一开口

便把自己遥远的国度骂个遍

好累

还有这位上年纪的妇人

每次停车准得吸口烟

然后谈论她的作品：

——可惜啊　我的诗太先锋了

　　没有人看得懂

　　大诗人都会这样

　　荒里荒唐的

　　失落……

都在走向荒诞吗？没问

唯一正常的是司机

当地的小伙子

不时问一些英文单词

他的梦想很简单：

——不再像爹妈那么苦

住处是些独立木屋

——先生

　　淋浴在露天

这儿没人在意

动物更不在意

除非想吃你哈

晶亮的星星

很久没看见过了

淋浴的水真是清凉

直接从星星上滑落下来的吧？

不远的树丛有些什么在闪烁

萤火虫　还是动物的眼睛？

跟大自然之间只隔一丝轻风了

背贴着背　湿润

仿佛很早以前也住在这里

之后不知怎么被撵了出去

这么长时间　又回来了

忽然一阵触动

无名的兴奋

涌上来

到了极点

2011年写于南非

克鲁格

克鲁格荒原

睡意正浓

稀稀拉拉的林子

从没有变过

阳光无情地照着

偶尔有树皮剥落的声音

总是先看到长颈鹿

远远的

慢悠悠的

不屑一顾的平淡

有时停下

咀嚼高枝上的叶子

最多的是斑羚

闪电般地穿梭

俄尔止步

仍是神色惊恐

脖子上的肌肉在抽搐

笨拙的是那些角马

低着头

大概很在意自己的丑陋

黑压压的一片

向同一方向蠕动

树荫下躺着几头狮子

圆滚滚的肚子

大概是饱餐不久

半闭着眼睛

全然不顾那些昆虫的滋扰

强者食弱者而生存

弱者靠繁衍而延续

当然还有吃不尽的黄草

一切都是这么安排的

巧妙　合理　完美

这个世界是无限敞开

没有大大小小的门

也不需要

门　是人的智慧

也是为了让人跟自然分开

把人与人也分开了

是的

连去天堂和地狱

也设个门

克鲁格 (Kruger) 国立公园位于南非共和国东北部

大峡谷

站在峡谷的边缘

只感到冷

一半是清晨的露

一半是无底的黑

探险的人出发了

长长的一队

背着大包

看着台阶

一步步向下挪动

蓦然间

一道彩虹

从对面山后

划出一个大弧环

直插谷底

引路的来了!

着实兴奋

越来越多的人

冲着彩虹下去了

身旁老人哼了哼
——彩虹的尽头有响尾蛇
——是吗?
一阵寒战

去过两次美国大峡谷,这首写于第一次,甚是震撼

绝色

快跟上
拂晓前
要赶到那块日出石
零摄氏度
松针与人都在颤抖

哈　升起来了
一切寂静了下来
风也止了
霞光射在峭壁上
无限的光彩
随着时间在翻动　变化

人造的社会里太久了
忘了还有这般绚丽
他们只告诉你
黑　与　白
突然像第一次看彩色电影
惊叹　迷恍

世上的美色

皆会消失在瞬间

只有这儿

每个黎明

她会一次次再现

亿万年了

临摹

躺在山谷里

四周皆是山峰

它们是巨人

万万年了

俯瞰着大地

手牵着白云

偶尔几行眼泪

视为甘泉

只能是

上帝的杰作

大半辈子在这里

观赏琢磨

用心模仿

只是学不会

今天

决定不学了

就去画个羚羊

玉门关

它仅剩下了废墟

但春风

还是吹了过来

听不见大漠驼铃

看不到长烟孤城

眼前是

不情愿的白云

和那条大路

笔直光亮平整

祁连山下

黄沙霾里

还有

杵着长杆的僧人?

2023 年 4 月,敦煌

灯塔

风暴后
你　还在那儿
一块巨礁上
坚挺

人们迷路了
到处寻找你

找到了
向你招招手

险滩过去了
又把你忘了

他们又开始琢磨
下一个去处
有些什么样的绚丽？

而你还在那里

孤独地守着

也许

这是你的情愿

从不想跟世间的龌龊纠缠

你情愿接受

太阳的暴晒

海浪的拍打

只有

阳光能化去心中的郁结

椅子

很久前的事了

外婆被撵出了大院

一群满脸稚气的年轻人

挥着标语　唱着

只记得外婆出门时

背影是直挺的

外婆在外面的小屋

只有板床　木凳和旧桌子

孩子们偷着去那儿吃饭

外婆的虎皮蛋是最好吃的

吃饭时小桌搬到床边

哥哥坐凳子

我跟外婆坐床沿上

那个床沿

就是我们的大椅子

每次饭前

外婆在我腰上拍一下

——小男子汉　要坐直

——没靠的啊　累

——就算一辈子没靠的

　　人也要坐直了

好多年后

还记得这句话

梦里误入一个大会议室

黑皮椅上独自犯困

网真视频自动打开了

外婆透过老花镜看着我

——别靠在椅背上

　　这些年

　　学会坐直了？

——是　外婆

　　我坐直了！

搬家

水塘和围墙之间的洼地

有一排矮矮的平房

原来是工具屋

现在住着几户人家

虽然有些破旧

倒还安静

从没见过什么客人

傍晚　有人敲门

爸爸呆滞地站着

我记得这个高个子的叔叔

是他之前要我们搬这儿来的

他今天笑容满面

——听说嫂子兄长要从国外回来

　　还是个大学者！

　　上边来了电话

　　校领导很重视

　　让我通知你们

　　马上搬回二号楼的那个套间

这几年让你们受委屈了

爸爸越发愣了

妈妈接个茬

——收到过他的信

　　说是要回来看看

　　不过我们在这儿都习惯了

　　真不用麻烦

——那怎么行

　　这屋里连个厕所都没有

　　关系到形象问题

　　这是上级交代的

说着　大个叔叔的脸沉了下来

——顺便传达一下

　　你们的岗位也恢复了

那个晚上

爸爸还是坚持不搬

妈妈劝了一夜

肩头贴在一起

都在流泪

还是第一次看到

出走

小哥哥昨晚跟我说

他再也忍不住了

要去参加串联

今早　人果然不见了

妈妈急得要发疯

　——这才十二岁的孩子

　　　能跑去哪儿呢？

爸爸不在意地说

　——说不准在哪儿撒气

　　　明天就回来了

可是一晃两礼拜过去

爸爸也急得要发疯

我也不敢说什么

这天傍晚

哥哥突然出现在门口

爸爸一眼看见

抄起桌上那把尺子

——你这浑小子

妈妈一下把哥哥撸到了身后
——老头子 你要干吗？！

哥哥把妈妈慢慢推开
走到爸爸面前 头一扬
——怎么着？
　　我跟大哥哥们去了北京
　　在天安门广场被检阅了
　　你再也不能打我了

——什么？你说什么？！
爸爸倒退了两步
一屁股倒在凳子上
妈妈把哥哥拖进了小厨房
——你把我们急死了 唉
　　怎么这样跟你爸说话 唉
——怎么啦 我又没犯法

受到检阅了

　　好激动

　　过两天还要走

　　你们这个屋子不想待了

爸爸眼睛直直的

哥哥的话像针一样刺着他

不时在抽搐

——他去北京了

　　检阅了

　　我不能了

他突然双手捂上眼睛

头越来越低

瘫在膝盖上

葵花

走远了

山的另一面

几户农舍

狗叫了几声再趴下

安谧又恢复

除了几棵向日葵

微风里懒懒的

没别的什么

有的花像诗词

有的花像美人

这葵花

却让人浮想联翩

那是个异常的年代

一切都是惨淡苍白

只是

向日葵无处不在

课本里

教室墙上

还有表扬栏的一圈

都是黄黄的笑脸

这么多年不见

你也老了

顶着个沉沉的包袱

头耷拉了下来

像个退休的老厂长

这些年

总朝太阳站着

是累了

我们的日子

回村的路

不远也不近

俩人一前一后

他只想着一个事

她想着很多事

唯独不敢想那个事

可那事还是发生了

人们一直在指责他

更多的人在指责她

四十多年了

还在相互厮守

不离半步

连自己的孩儿们
也不大来了
每年到了这天
他给她酙上一小杯地瓜酒
知道也就在此时
她会抿上几口
说些胡话：
老头子啊
甭管那些嚼舌根的
今天是咱俩的日子
喝吧……

入藏的路

时而在梦里

又回到那个冰雪高原

长满冻疮的手

握着榔头

扛着铁锹

在山野里行军

茶道很窄

经常也找不着路

好在这次要在破庙过夜

没有风

真好

但还是冷

身旁的小苏

是我的同乡

也是工程连的诗人

常常编个顺口溜什么的

逗着大家乐

可他中了高原寒

清早他再也没有起来

活蹦蹦的小伙子

就这么

随着清晨的号角声走了

军服里插个小本

写着一行行的句子

是些稚气的小诗

大概还没一个相好

只是想着家

想着爹妈

想吃的

在最后一页上

有几个歪歪抖抖的字：

——这个晚上

　　真他妈冷！

这就是318国道

世上最美的川藏公路

它像一条深色的玉带

蜿蜒在雪山丛中

那里的每一公里

都埋葬着一个年轻人

还记得小苏的诗歌吗？

我都快忘了

基于一个当年入藏的老兵讲述的真实故事

爱

一个真实的故事
来自遥远的西北高原
小小的营地
驻扎着一百多名军人
整年与他们相伴的
除了风
就是雪

沸腾了
有文艺兵要来慰问演出
其中还有个江南妹子
圆圆的脸
大大的眼睛
腰间的皮带扎得紧紧的
英姿飒爽
每唱完一支歌
小伙子们只是一个劲地喊：
妹子　再来一个

那个夜晚

风听不见了

每张窄小的床上

躺着一个怦怦的心

眼睛盯着棚顶

谁也不说话

可是万万没想到

江南妹子

那么活泼可爱

却再也没从自己的板屋走出来

高原稀薄的空气

夹着纷乱的白雪

默默地卷起她圣洁的魂

提前离开了

军号

伴着淡淡的黎明吹响

拉长的音律

像一把长刀

割裂了漫天的大雪

撼动了亿万年的山峰

送行的路上

每二十步一名战士

在刺骨的严寒里

一动不动

全副武装

载着她的军车

缓缓驶过

依次立正　敬礼

年轻的脸上

满是湿润

冰的是雪水

热的是泪水

他们忽然领悟

这世上除了荒山野雪

还有美好

还有痛

他们发烫的心脏

第一次感触到了

爱

青藏高原退伍老兵的故事

石河子

天山北麓

有一幅神奇的画

几十年了

还在伸展

灰黄的底色

由漫天的沙尘组成

唯有玄奘那样的信念

方敢穿越

最早的画手

是些粗手大脚的汉子

不知来自何方

扎下了

挥上了第一笔

他们的画室

寸草难生

风沙　严寒或酷热

每天扑面而来
他们的家
就是地上那些个土坑
当地称为"地窝子"

那日老排长成婚
大伙特地腾出一个地窝
扫得干干净净
可没几天
他又爬了出来
说看不得大伙挤着
新婚的妻子
又搬回去跟女生们住了
啊　难以想象的年代

这幅画
画了几十年
近一半已经绿了
听说某个卫星一直在观察

变迁　让世界震惊了
他们都干了些什么?
……
其实没什么
他们只是用青春的热血
画了一幅人间最美的画

南迦巴瓦

青藏高原的东南端
有一座壮丽的山峰
它的名字是南迦巴瓦
向导是对的
清晨去雾少
看得清楚

海边住惯的人
从没想过山能是如此地巍峨
像是几把巨型矛尖
一个比一个更高　更锋利
毫不妥协地直插苍穹

感觉是来到了上帝的脚前
一阵阵恐慌　畏惧　震撼
背后的金幡在寒风中颤抖
像在催促什么
人们都跪下了
跟着颤抖

此刻

日出的东方

悠然飘来几片云雾

静静地从山前抹过

山峦若隐若现

闪烁着金色的光辉

像是在动

哈　南迦巴瓦

你醒来了

原来是活着的

都说越挺拔的山峰越年轻

看清楚了

薄纱后面是个美人

太神奇了

热泪

记2009年春游西藏高原

青藏

可可西里的早晨

没有人烟

我们有最清纯的水

那是来自雪白的山腰

我们的牦牛

正在坡上咀嚼冬虫夏草

我们的歌喉

能翻过高耸的昆仑

在我们的肺腔里

没有半粒灰尘

山那边的一位姑娘

喜欢我的歌

明年这个时候

她会嫁给我

我们将用清凉的雪水

做人生的第二次沐浴

山头上的每一面金幡

代表一个真诚的愿望

我们将在圣湖边举办婚礼

苍天就是我们的教堂

远处的那些闹市

让我醉氧

太多无聊的繁杂

洪水　病毒　纷争

没有一件让我向往

再不要说这是荒原

这儿是人间最后的净土

欢迎你们来做客

但别忘了

带走你们的垃圾

抽象

未知

白色的画布徐徐展开

大师走上前

旁若无人

抄起黑刷子

奋力拉出一道粗犷的水平线

退两步

端详少许

又跨了回去

在线的上方狠狠砸了一团墨

再次端详

点头

转身宣告：

——此乃大地

　　上有我

　　余下皆是未知！

油画

墙上的那幅画
让人心烦
主人兴致不错
唠唠叨叨
都是估值

一种无形流体
把支离的概念
黏合在一起
再揉进看不见的魂灵
美的和谐终于诞生

它流干了
就像老人的泪
只剩下
深邃的眼洞
和斑驳的皱纹

呆滞的目光里

世界是如此地不谐

大树没了绿叶

只剩下硬硬的线条

背靠着天空

无聊的几何形态

是抽象

还是干枯的心?

不染

像冰晶

像花瓣

尘土不沾

没有更动人的歌喉

没有更轻盈的舞姿

太完美

只是

你从母腹中来

闯进来的色体

那一粒污浊

造就了你

迟早

会充满整个肤体

没办法

从一开始

还是被染了

指纹

每一次创造

都被记录了

形态　才智

尽在其中

那个二维发明

在最早的诞生之前

就存在了

一个个排列组合

一张张八卦阵图

千千万万

尽是不同

跟着你来

又随着你去

你可以粉墨

可以换装

可它

永远是你唯一的真相

是世人对你的唯一认可

不信的话

就再看一下你的卖身契吧？

还是真诚的好

行了善

它会帮你记下

作了孽

它也会揭露

这是天上来的烙印

也是神

唯一关注的

里尔克的玫瑰

为什么不选白色

天然的纯洁高雅

或红色

像块宝石

热情奔放

偏偏染上了黑色

一个矛盾的开局

温柔且坚强

坦诚而又神秘

悄悄睡在暗角

无人在意

只是那些胀得发紫的刺

扎上了最疼

白纸上流浪

宇宙多大

脑海就多大

宇宙间的每一个奥秘

对应脑海里的一个奥秘

无穷对应无穷

宇宙里有的

脑海里都有

脑海里没有的

宇宙里即便有

也等于没有

这么些年了

总在那里面寻觅游荡

直到

这个宁静的夜晚

它们顺着笔尖

流了下来

糟蹋了一张白净的纸

信仰

山路上

他们在星空下疾走

都说黎明时刻

这个山顶离上帝最近

可鱼肚白泛起

峰顶也没看到

山腰的小陋屋前

站着一位清瘦的老人

——这山间如同人间

  上顶只有一条路

  不好找

  其他都是歧路

……

不过无须烦恼

山都是上帝造的

每座山都离上帝一样近

太阳也是上帝造的

每处的黎明都一样美

只要心里有

就对了

山顶上

朝圣的人在闭目打坐

唱着赞美诗　陶醉

天空确实很美

忽然想起遥远的家乡

也曾在那里的屋顶上躺着

听着故事

数着星星

天空也一样美

也许

像老人说的

人不需在山峰之巅

也不用吟诵赞美

更不必去堂皇的大殿上

神

就在你的心里

1986 年年初登埃及 Mt Sinai，偶遇一年长僧人

巴米扬大佛

那座大佛被炸毁了
很多人伤心
可佛不在意：
——毁了就毁了吧
佛像　是人要塑的
如今人不想要了
随他们去吧

——别的地方
别的时代
寺庙
有时如雨后春笋
之后又被付之一炬

——来拜的人
都是想着自己
灵验了就回来
求得更多
其实不来也罢了

——佛

不需要一尊大像

也不需要一座大殿

不用去信那些大师

也不用去上那个高香

你去哪里

做了什么

都不重要

心里有就对了

其他

都是人在做生意

惊闻阿富汗著名的巴米扬大佛被塔利班炸毁

有限

每次拜佛

只问一件事：

能活一百岁吗？

终于

听到答复：

有你的数

但不能说

那会毁了你一生

为什么？

因为你老会惦着

活得苦

当然

可以送你一句话

什么呢？

难得糊涂！

面纱

——戴上吧我的孩子
一个低沉的声音在叮嘱
又熟悉
又陌生
——这样就没有诱惑
没有诱惑就没有痛苦

——那您也戴着的吗?
她天真地问

——我不用
早已过了不惑之年
对我来说
尘世的一切都不存在
诱惑自然就不存在了

——可是
世上有很多人
很多地方

很多故事

让人好奇

我还是想知道

——不用好奇了

世上的千千万万

却只有

一个人

一本书

一篇故事

是真的

其他都是谬言

只会扰乱你的心

——不会吧?

——会的

有一天

你会嫁去一个地方

远离这一切
只与他在一起
永远幸福

——我没想去

——孩子啊
其实去不去
也由不得你
都是注定的

低沉的声音离开了
死一般寂静
好害怕

真相

一

赌场里

两个穷光蛋在嘀咕

糊涂人：试一把？

聪明人：不想赌

糊涂人：为什么？

　　　　也许能赢

聪明人：但更会输

……

忽然

糊涂人赌赢了

不穷了

二

孩子出了车祸

爸爸赶到医院

看着儿子满身是伤

哽咽着

回头对人说：

千万不能告诉他妈妈

她正病着

三

寺庙前

农夫：您请进

智者：没必要

农夫：里面有佛

　　　极好的

智者：无稽之谈

　　　我是哲学家

　　　懂的

……

农夫进去了

跟大伙一道

拜佛　抄经　吃斋饭

智者走开了

后山路上

只他一人

青鸟

雾散有奇峰突兀

出东海巍巍而起

达三千三百尺

唯幸运者方能到此

登临送目

拜神求仙

一路直上

其绚丽多姿令人惊叹

时有彩气东来

奇松怪石

若隐若现

顿觉四下不俗

轻烟拂袖

不似在人间

夜宿太清宫

一尘不染

听海潮

赏丝竹

诵古篇

天人合一

与星月共清寒

梦里有青鸟来探：

——先生已至佳境

不妨静心著书养身

内外日常

自有绛雪仙子照看

山中一日

世上一年

若放心不下

小的可即往洛阳

传报平安

——无须

呼呼睡去

遂不思中原

游青岛崂山

启示录

去地铁站的桥上
每天都有做推销的人
小商品　补习班　无所不有
算是一景
今天来了一对年轻男女
避开人群站着
都穿着白衬衫蓝外套
朴素但很得体
各自捧着个牌子：
Is this your life？
（这是您的人生吗？）

不时有人们挤扎在一起
在抢什么免费的货品
他俩一般视而不见
淡淡的笑容
流露出一丁点儿不屑
想起前不久的一场演出
一个小姑娘

拉了一曲深沉的大提琴

心里也怦然一动

天真的年纪却要放弃天真

总让人唏嘘

大概是想多了

或许也是在销售

像桥上其他人一样

只是这几个字

Is this your life？

老在眼前晃悠

让人困惑

或许有些人有答案

但不少人大概没有

更多的人根本没工夫去想

难得一问啊！

一直想得少

今后应该多想一想？

人生路上有这么一问

也不错

贝多芬是神

坚信

神是存在的

有造物的

有造躯体的

还有造心灵的

失去耳目手足

人还是人

但失去了心灵

人就不存在了

贝多芬是神

他的每一滴心血

是精神的一个新台阶

一步步

把人类引上了最崇高的心灵殿堂

他也是个普通人

痛苦　绝望

一个悲催的人生

默默走上音乐台

却听不到自己震撼的旋律

上帝造就了他

又苛虐了他

他的苦难奉献

人们在分享景仰

即使在最窘迫的岁月

一曲《欢乐颂》

也能让人看到曙光

每天起床

应该感谢上帝送来的黎明

每天晚上

戴上耳机

我感谢贝多芬

谁不想

谁不想

编导自己的剧本?

谁不想

演出最灿烂的人生?

只是他

不让

一直还以为

他爱我们

关怀我们

其实

他只想管着我们

摆布我们

让我们创造他想要的世界

做神

太好了

都想做神

只想做神

春风

听说今天

你会不约而至

门窗晃动了几下

是你吗?

只是看不见

后院似乎有些粉了

细叶也快了吧?

多好

扫过哪里

都留下一张张笑脸

大门敞开

红联贴上

不都是为了你吗?

怎么还听到你在叹息:

——完美的事

总不得长久

来到人间

只给了九十天
把花吹开了
草拂绿了
让人们爱上了
却该走了

——但你们得留下
去承受
炎炎夏日
瑟瑟秋风
凛冽寒冬
是　神在折磨你们
但为的是
让你们持久
你们才是他的子孙！

——记着时光里那些温暖吧
更珍惜瞬间的友善
得空的话
写首诗赞美一下？
酸一点也没关系
大多都是

午后

零到十二度
得大半日
一个多时辰
又下去了

蒂卡珀的湖水
蓝得伤心
养育了众生
不喜不惊

两只燕
林间追逐着
叽叽喳喳
全然不顾

低矮的蒲公英

开起黄花

谦卑的笑容

默默祈祷

云层上的雪峰

神一般威严

不敢抬头

仅听到：

万物都懂了

只是

最聪明的人

还是不大明白

清明节

湿透

上下酸冷

雨蒙蒙发白

空荡的岸边

连每天晨跑的

都没来

只剩下无眠的人

念叨着旧事

在晨曦里

徘徊

雨

又要下雨
院子不用扫
花也不用浇了
把桶拉出来接着
天上来的
一定是最干净的

说是那晚有抢劫
还伤着人
雨太大
天都抹黑了
没看清面孔
地下那摊血
也冲没了

窗前愣着
唰唰的雨
景色模糊了
声音也模糊了

世界渐渐远去

不值得去操心

喝干的茶壶

对面立着

不知在沉思些什么

四月

四月是文人的季节
满目都是鲜花和文字
好的不好的
闹闹纷纷
反倒难写了

也有人说
四月是最残酷的季节
花动的画面
最能勾起苦苦的思念
温柔的细雨
骚动了万物
也加速了地下的腐蚀

想到白雪
刚刚覆盖着这片大地
也压低了那一排排平房
地下和地上没差别了
冰冻凝固了空间

也凝固了时间

一切是那么静

都盖住了

读 T.S. Eliot 著名诗歌 Wasteland

灾

争吧

为物死

为食亡

鼻尖底下

岂能丝毫松懈?

聪明一点好

均衡分赃

回洞消受

或许躲过大难一场

永远不会的

我恨你

我看不惯你

有我就不能有你

只能打吧

直到

一个彻底打垮另一个

仰首欢庆

啊!

苍天撕开一道巨痕

血红

蜷

一路上

无形的大手

在后面推

不能自主

也不知往何方

没完没了的队

进了这里

说是几天

或许更长

短短的一生

剩下无几

又被抹去了一块

沮丧

小窗

是个失误

迟早会被纠正

蜷缩在床上

像条蚕

吐着结实乳白的丝

却把自己裹了起来

不怪神

是人自己

也许

很快会变成飞蛾

离开这里

只怕禁锢了太久

眼不明

翅不硬

还能飞多远呢?

黑 / 白

一、苏珊

苏珊那个孩子

总是那么活泼

红扑扑的脸蛋儿

有两个动人的小酒窝

可今天没认出来

一个成人的口罩

占去了大半个脸

酒窝看不见了

笑声也听不到了

就连流星般的小眼睛

也半闭半睁着

没了精神

只剩下

黑色的头发

白色的口罩

二、外卖

一整年吃外卖
都一个味道
连最爱的红烧鱼
和炒青椒
也分不出了
只想要个白饭加酱干
回答：
——酱干没有了
　光白饭不送！
电话里有人轻声嘀咕
——连着几天
　只要白饭黑酱干
　怕是不行了
（笑声）

三、山林

在屋里手机看久了

眼睛发黑

四月的林子应该最美

可现在却显得昏暗

一位白发老人

擦肩超过

脸庞黝黑

白色长衫

是个仙人!

边走边唱着:

——万物归五色

　　五色返阴阳

　　苍天已到尽头

　　只剩黑白荡荡

仰天大笑

摇摇头自语:

——活到了天地的尽头

　　也够了

雪片

一夜狂风

把云吹向了八方

迟早会化为白雪

撒在千千万万张脸上

将人惊醒

地上

凝成了无数碎片

雪一般

无字的诗歌

正在挣扎撕扯

要冲出遮羞

什么时候

绚丽才能重归大地？

灯

凌晨两点
对面的窗户还亮着
好几天了
时差的折磨?

窗帘终于打开
仰头看看天上
又看看下面的院子
隔离难熬吧?

我也在看
羡慕划过的流星
哪怕只是瞬间的自在
或那些萤火虫
低贱却悠哉的日子

趴桌上写些什么
又捧着电脑关注什么
又打着电话

手不停地摆动

皆是天下烦躁人

何必心有灵犀?

无聊的乐趣

打发了无聊的时光

舒畅了些

终于解除了

门口看到那个身影

刚想上前

她却说:

——你在 B 楼七层吧?

——怎么知道?

——大半夜总亮着灯

　　也不拉个窗帘哦

突来的尴尬

替代了莫名其妙的内疚

她的车

一溜烟开走了

灯

也灭了

悲伤书

不愿打开电视

也不想推开门窗

扑面而来的

只有悲伤

何须再写悲恸的诗篇

悲恸就在眼前

不用寻找

不用夸张

悲伤成了平凡

是最大的悲剧

编导喜爱

好落泪的人

真真假假的故事

发自内心的泣涕

让人敞胸解囊

什么时候悲伤

也成了个顺手的工具?

欢喜的闹剧也算了吧

清高的不会庸俗

庸俗的不懂含蓄

含蓄的又不善于高调

写着写着

浅薄的笑料用完了

笔又沉重起来

直到坠入了新的深渊

罪孽

一条铁链

把人们带进了黑暗

不情愿的眼睛

不得不睁开

地狱里躺着的

不是罪孽

是无助

而罪孽

却仍在世上游荡

每当觉得

人的血

已经冷得不会再冷了

更冷的血浆又渗了出来

幻想的梦

被锒铛一击

猛然震醒

冷漠　无声

不也是罪孽吗?

骚动

静默了
存在
只剩下自我意识
和虚拟中的 emoji

一球破窗而入
引起骚动
似乎有些生机
但又结束了

窗外
大寒天气
不见蠕动的迹象
一切都那么僵硬

只有北风不停地刮

看不见的魔

从门前呼啸而过

肆意报复

命的幻影

透明得无情

跟着飘过

来不及招手

窗

摁一下按钮

扫一下感应

门闭上

又开了

好不随意

前夜一阵风把门撞开

自己又去关上

屋里习惯了

天下还是让人不安

为一个数字在活着

说属于哪一堆

就是哪一堆

都标上奇异的符号

为的是让外星人满意

那个朝阳的小窗

可以和天空对视

都说他在

还在吗?

也不知什么样

应该披着云一样的衣袍

空城

黑林深处

有很多传说

上千年了

如今没人敢进去

不时有成群的秃鹫

在上方盘旋

几只会突然俯冲下去

发出刺耳的尖叫

说是一座老城

早已废了

然而祭祀神台

依然齐整

陡峭的台阶上

刻着奇异的图案

外星人的作为？

七零八落的骷髅

到了月满的深夜

会复活起来

在高高低低的平台上

跳着荒诞的群舞

若有文字留下来

该有多好

说不准能拍出个结论:

是一次侵略?

一次内讧?

还是瘟疫?

只是　即便有

就该信吗?

话语权

永远是留给强者

困惑

那还是不进去了吧?

到头来

无知

比谬言还好些

参观墨西哥 Chichen Itza

衰朽

昔日的辉煌

尽在废墟之中

宏大震撼

不清楚

是哪年的事

供着何方大神？

所有的秘密

都藏在了石缝里

或枯藤之后

卖椰子的女孩

晒得黝黑

在烈日下吆喝

满脸是汗

身后的那番壮丽

一幅画而已

习以为常

那么地近

又那么地远

风云

为了一片蓝天

打走了云

留下纯洁完美

没半点杂质

静寂

只是热

梦里想接它回来

至少凉快一些

那么容易?

说是云涌要风起

从海上来?

从沙漠中来?

谁知道

晚了吧?

此刻

平常的日子

邮件晨会读报告

接下来

哈　咖啡

一天最美好的事!

突然

外面一声轰响

窗户震动了

稍抬个头

愣了愣

咖啡的长队

又还原了正常

叽叽喳喳

这个城市啥没见过?

只是电梯停了

走下去

大堂满是人

吓着的

不在意的

都在左右询问

一队警察冲进来

挥舞着手臂　大喊：

Everybody

Get out!

Out!

……

像哪个布尔什维克的电影?

门外更多警察

慌乱的人群向北蠕动

你这人哪

还攥着那个咖啡杯?

又一声轰响

似乎一团黑云从天上散下

奔跑起来

有人在尖叫

骂粗话

这杯大号咖啡

还是扔掉吧

今天算是毁了

市政府前的小广场

慢下了

张着嘴

喘着粗气

恐惧的眼睛

朝着浓烟滚滚的方向

是谁猛然惊叫

一阵骚动

有身影从一百层楼上跳下

双塔

纸屋一般

开始塌陷

如此迅速

又如此缓慢

震慑　麻木

喊声　停止了

呼吸　停止了

时间　也停止了

都在凝固

凝固成那个画面

一切都停留在了

此刻

2001.9.11 日记

天地人神

地上万物

仅是天上的便餐

随时扑下来

捕捉杀戮

然后

逍遥在

高高的云端

朝着太阳歌唱

只能仰视

蓝天是个梦

都想上去

一条心

天梯终于搭成了

越攀越高

高过了苍鹰

神不高兴了

梯子上生出

石油黄金比特币

攀登的人

止步了

争起来

打起来

尽数滑落下去

神：

——这群贪婪小人

　　还想登天？！

强者

你刚来
又走了
摘了几朵花
折了一枝柳
门前是变了

又来捉了只兔子
杀了只鸡
酒喝干了
后院也变了

为了示爱　充饥
留下了劣迹
另类的消亡
是强者的权利

只是　强者后面

还有更强

在高处盯着

随时可以掠走你的一切

和你本身

然而他们的后面

还有他们的他们?

食物链上的任何一个位置

注定了各自的短暂

除非那个在终点的"他"

都说会永远主宰下去

存在吗?

尾声

这台戏

开场白还没完

就要谢幕

画眉的时间

比登台还长

睡眼里

老城惺忪

仅是个日食

不用慌着跪下祈祷

太阳没有被吞噬

光　在天外等着

只是个过程

让它慢慢走来

再匆匆离去

可惜

生命太短

有的人会跨不过去

且喝杯清茶吧?

定一定神

暖一暖

师父说:

只有轮回

没有尾声

餐桌

四腿伸开
仰面
玻璃在空中碰撞
红酒白酒
洒满一脸

那个笨拙的脑袋
砸了下来
吐着污浊的口水
他的脸疼
我的也疼

日复一日

这些无聊之徒

成天围着我

疯疯癫癫

尽是些荒唐事

怕是有一天

太阳会失去宽容

我那修长的木腿

也会拿去取暖

焚为乌有

屏幕

遥远的那个星座

有颗行星

将迎来灭顶之灾

灿烂的文明必须延续下去

一直在宇宙间探索

终于

他们找到了太阳系

找到了地球

每天在关注一个屏幕

这个二维世界让他们惊奇

也让他们沮丧和愤怒

如此温和美好的星球

却被如此蹂躏

天天你争我夺

钩心斗角

他们出发了

充满征服者的信心

和使命感!

屏幕将变成现实

那个伟大文明

将开启一个崭新的篇章

更加光辉绚丽

而这里的一切将变为历史

被永远遗忘……

Ah,

Gotterdammerung

垂钓

仰头看着天
天也在看着我们
向往怜悯
居然并存

空气越发混沌了
像是从没清洗过的鱼缸
有人在祈祷
愿风调雨顺
风是来了
没见到雨
只带来了沙

更多的人平躺了

刚上路

就说累了

大概是迷茫

能掉下几张烙饼多好

唉想哪儿去了？

只怕是

天上垂下烙饼之时

正是毁灭的开始

陀螺

疯狂旋转

硬邦邦的水泥地上

嗞嗞发响

好几个时辰了

稍有摇晃

鞭子便抽打下来

啪　啪　啪

传得好远

——抽吧　抽得再狠点

　　我就飞起来了

他勇敢地喊着

磕上些尘土

居然弹起一丁点儿高度

一抬头

两只苍蝇在头顶盘旋

嗡嗡地哼着小曲儿

好羡慕

——那是人家天生有翅膀！

持鞭子的人大声喝道

他很沮丧

突然

一只飞盘横空扫过

他又兴奋起来

——哈　它也没翅膀

　　可飞得好远

——那是因为它有贵人相助

　　送上去的

持鞭子的人冷笑了一下

——我也想被送上去　好吗

——好　去你的吧

他被一脚踢起

没多高

也没多远

栽进了污水沟

热浪

是个大周期

千万年了

大起大伏

上天

在摆布一切

让这里走向极端

Slowly but surely

人

把什么都归咎于自身

好的坏的

是抬举了自己

微不足道的种类

能有多大能耐?

没有过热

只有更热

也没有过冷

只有更冷

最终

都是一样的风景

弓

最优质的材料

最韧性的弦

有了这些

才能射上人间的巅峰

绷得紧紧的

架在那个高台上

四下尽是赞美

这一刻终于来到

带着一丝不屑的笑

他飞上去了

掌声　欢呼声

稍后

谁也没在意

他从山的背面

又摔了下去

寂静之声

这些雅丹是活的
走近点
静下心来
就听到他们在说话
当地的人这么说
试了试
什么也没听到

都市那些嘈杂
倦了
想听听别的
鸟雀林子溪水
可这儿
没有鸟雀树林溪水

被巨石包围
有喜欢的色彩
有惊叹的异样
再端详

又像一个个握紧的拳头

冲破黄土

愤怒是沉默的

只是两个拳头

攥得嘎嘎发响

莫非

神也是这样?

猛然

听到了

访罗布泊雅丹地貌

雪的意义

最初的记忆
一道白光
弥漫了空间
时间有意义了
地上　只是冷
也只有一个色
无边无际的冰雪
偶尔有个孤影
在觅食　迷惘
单调

还是暖了
白　分解成七色
慢慢融去
露出了万物
美的　丑的　肮脏的

终究
还要回去的

回到那束白光

天下的所有

又会被晃得看不见

但愿是久远的事

只是每年一场大雪

按时到来

是神的作为吧?

提醒自负的人类

终极是怎么回事

其实

白色是美的

不过

谎言也是白色的

只有白

会完美地抹去一切

包括罪孽

消失的人群

通常是坐在那里
这会儿不在
不过
在或不在
都一样
没有谁会留意

当然
别人在意
或不在意
也无所谓
只为自己在活着
用去一小段时间
占据一小块空间

眼前这个生态
又近又远
似实而虚
不久

会安静地离去

谁来替代也同样

千千万万的人

都这么默默而来

又匆匆而去

在这片土地上

没有贡献

只是负担

大师说

走过一趟都是缘分

只是没说清楚

那到底是什么？

对人对己

又有何意义？

终究

是来了

但等于没来

存在

和不存在

竟如此模糊

台阶

有了你

才能上去

又亏了你

才能下

安然着地

踩着你上去的

没有谁感激你

都在盯着更高的楼台

踏着你下来的

顾不上打招呼

便销声匿迹了

你默默蹲在那里

看着面色凝重的人们

忙着上

慌着下

仿佛在见证一个大时代

悬马

幻觉
让他只盯着前方
不顾深渊

本能
坐骑戛然止步
仰首嘶鸣

目的
化成了愤怒
他又扬起了皮鞭

疼痛
马再次嘶喊
晕倒在崖沿

绝望

他失去理智

纵身而下

所有的债

一万亿

都清了

马横躺着

奄奄一息

冷风里抽搐

限度

一排排的铁笼里
幽灵们在嘶哑地狂喊:
——放我出去!
终于
上帝被打动了
——出去吧　孩子们
铁门大开
幽灵都飞走了

无限的空间里
任意翱翔
不需做什么
也不再被需要
整天无休止地翻飞
寂寞了
失落了
隐隐又感觉
已被上帝忘却

记得在牢笼的墙上

钉着一块木牌

写着：工匠

这是上天在提醒

你是谁

派何用场

哪些该做

哪些不该做

这　其实没什么好

也没什么不好

好像醒悟了什么

故乡

脑海

有限无际

最美的那个小岛

留给了童年

很多事都忘了

可那些最遥远的

还记着

也回去过

只是

那个池塘

那圈杨柳

被填平了　推倒了

盖了几栋硬生生的板楼

存在

又不存在

站在其中

四下顾盼

寻找什么呢?

还是闭上眼睛

回到那个小岛

喝着陈年好酒

上下舒坦

迷糊难得

虚拟比现实好

就在这边歪下去吧?

都在玩元宇宙

正开心

何必出来?

土屋

大大小小的方块

藏着许许多多的人

有一块属于我

我也属于它

它是我的全部

像一块广告

告诉世人：

我的身世

我的身家

一出生就知道

媳妇会来自另一个方块

一般大小

一个兄弟

努力了多年

搬进了一个大的方块

村头第一家

之后离了

大方块也卖了

还生了个怪病

最终搬回了原先的方块

在隔壁

重新种果子

只是变了个人

说方块大小无所谓

还是快活最重要

忆

人老了

记忆也跟着破碎

昨天,前天

整块整块地被忘却

不过也没什么

那些琐碎平凡的事

让时光抛去算了

偏偏那个童年

却在眼前依旧

那个破皮球

那只旧铁环

居然跟随了好多年

耳目不聪了

却老想去听听看看

腿伸不直了

但还是要去走走逛逛

人啊

到了尽头才有一问：

童年呢？

叶落

院子里

狠狠嘬了口烟

掷在地上

脚踹了一踹

决定提前退休了

唉　几十年了

半个家似的

小女儿大学又没考上

也没合适的工作

一年快过去了

着急

单位说可以顶替

便生了这念头

一阵大风

满院是枯黄的枝叶

——明天就有时间扫了

自言自语

苦笑一下

摇摇头

老旧的录音机在窗台上

懒懒地放着小曲儿：

落红不是无情物

化作春泥更护花

……

嘟个哩个嘟！

父亲节

爸爸生前固执

不喜欢父亲节什么的

说那是些洋玩意儿

但是赞成过母亲节

——妈妈一年到头做饭

这天应该歇歇

如今我也到了固执的年纪

忽然觉得

这大大小小的节

就是弥补心中的过不去

有时也羡慕基督徒

一周六天可以有种种不是

只要周末去一次礼拜

就可以统统抹去

这个父亲节

就跟儿子喝了个啤酒

说来还是爷俩第一次

——Happy Father's Day！

　　Thanks for everything, Dad!

儿子举起杯子

——爸爸总在想，

　　你小时候需要个爸爸

　　现在你大了

　　爸爸就做一个朋友吧？

——No, I always need a Dad

黄昏辞

黄昏的海滨

最为放松

他们又来了

白发人

和他的健身师

慢跑　拉筋

俯卧撑

还有拳击

有条有序

一会儿

半身大汗

喝着饮料交谈

他在说健美

他在谈时事红酒

互相欣赏

那些该死的空虚

另一边也有个白发人

每天从布袋里

掏出水罐和便当

地上放好

立直跺跺脚

开始转腰　甩手

再捶捶腿

扭扭脖子

显得有些笨拙

但也是一套程序

喝口水

端起便当盒

看着那些玩耍的孩子

和穿梭着的男男女女

黄昏了

壳

总在一个刹那

打破你的

恰是那个最被溺爱的生命

脚踏着碎骨

骄傲地宣布

自由了

怎知

更大的制约在等着

草地上闲游

拂晓时清唱

都被优化掉了

只有那个体重指标

要在最短的时间完成

别再折腾了

吃吧睡吧

膨胀得越快

就越早离开这个牢笼

当然那时候

是被掐着脖子拖出去的

收获

写诗的人不种田

但喜欢田里的忙碌

一会儿油绿

一会儿金黄

农田总能带来好多想象

诗人觉得很浪漫

种田的人不写诗

因为他们没有时间

他们大概也不太喜欢诗

觉得没有那么浪漫

麦子熟了

他们好累

只想肉多一点

酒猛一点

再就是能多看一眼嫂子

他们不明白

为什么别人要写他们

哪天若是读了

他们会傻笑

因为这不是他们

麦子熟了

早上打开窗期盼着

夜里抽着烟思忖着

芽还没发?

叶还没绿?

穗拔了吗?

不知怎么

庄稼越长越慢了

耕牛早已杀光

钱都用在

农药化肥催化剂

和拖拉机大卡车

呵呵

现代化了

只是

不敢吃也不敢喝

说是应该回到从前

但要三倍的价钱

名曰"有机"
这么些年的文明之路
又白走了

一辈子只能种一茬了
说人类的生命在延长
可种田人的一生
却越来越短
谁说
但求耕耘
不求收获?
看不到收获的
都是可怜的人

这片土地
像是生了什么怪病
吞不下　吐不出
种子早已撒下
急也没用
只能等吧
收割的时候
已经是另一波人

树洞

村头那棵老榆树
叶子一年比一年少
枯萎的枝杆没人修理
呆呆地往四处伸着
如同一只只黑爪
只有树干上的那个洞
像神秘的眼睛
永远睁着
看尽了村上的那点事

前面有一块空地
上工前说个事
晒晒谷子什么的
农闲时会拉个银幕放电影
孩子们喜欢爬上树
偎依在枝杈上
就像躺在爸妈的怀里

现在年轻人都出门打工了

在家的人也都可以上网打游戏

没人来陪老榆树

衰老了

那个黢黑的树洞

也被吹进了很多泥沙

发黄　暗淡了

有时还流出泪一般的液体

今天电话上偶尔想起来：

——老榆树还在吗？

对面是个微弱但兴奋的声音：

——还在　还在

在村头等你们回来哪

养鱼人

塘边有个草棚
瘸子叔总在那儿
——早前在城里帮人盖房
　　从架子上摔了下来
说着拍拍腿

塘里养了鱼
他天天守着
池水没有一丝皱纹
就像自己娃娃的脸
不时　也笑几下

那晚大雨
他又去小棚了
还夹着铺卷
——这样的天有偷鱼的
嘀咕着　头也没回

捞鱼那天像过节

——等等等等

他挑些最大最肥的

扔进了准备好的木桶

一圈人　伸着脖子瞅着

——装车　马上进城！

他一瘸一瘸地来回招呼

大桶被扛上拖拉机

瘸子叔送鱼去了

留下　一股黑烟

打那时起

就不喜欢城里吃鱼的人

没多久

自己也成了城里吃鱼的人

距离

记得以前

走远了确是走远了

大洋彼岸

一封信要两礼拜

一来一回就是一个月

一年没有几封

就得好好写

也会好好读

珍惜着

藏在抽屉里

夹在笔记本中

或压在枕头下面

不时拿出来瞅几眼

熟悉的笔迹

就像那人还在面前

如今没有距离了

那些微信邮件

零时间

便翻过千山万水

抵达地球的每个角落

也从每个角落

同时间

蜂拥而来

小广告的

自我标榜的

对天下大小事情发牢骚的

被一堆糟粕淹埋着

喘不过气来

还有这么多"名师名流"

应该感到幸运

不用读

直接崇拜吧?

空瓶子

桌上的酒瓶空了
老人还是没唠叨完
屋里没别人
只有空瓶子在听着

镇上的女儿要生了
老伴过去照应
他不想去
说在那儿是个废人
不如家里自在

隔三岔五地去趟供销社
沽二两地瓜酒
总不忘着叮嘱:
——酒舀子别提得太快
中间出了个窝窝
就少了小半口
嘿嘿

有天喝高了

跟年轻人争起来

——老子当年是把好手

十几年辛苦

省吃俭用

置了十二亩田哎

谁知运气不好

一天福没享上

还差点没划黑了成分

说着一拍大腿

站起往家走

一边摇头嘀咕着：

——还有那十二亩田多好

倒霉的庄稼人啊

隔壁大婶说：

还真有这回事儿

芦苇

夕阳下
一池寒水格外恬静
像一幅画
真好
别无所求

猛地一阵枪响
芦花后面
惊出一只白鹭
哀鸣着
仓皇逃去

哪来的指令?
让无辜的生灵又无处可归

表象

石凳上站起来
腰背一阵酸痛
突然　有些不对了

那座高高的山
以前能上
现在不能了

那条宽宽的河
每个夏天都游
今夏给浪吓着了

三尺的泥沟
童年时起就来回跨过
这次止步了

林子里那条黑黑的路
走了几十年
突然害怕了

朋友们

仍然在鼓励

都笑着说：行！

但你在畏惧

你不能对自己说谎

每每告诫：

不行就是不行了

等待

I.

无数被遗忘的角落

在被互相遗忘

只能执着地活着

也许

伏天能下冰雹

寒九会起惊雷

最难以置信的事

却能发生在昨天

天天盼着

命运会来敲门

不会吗?

千千万万的人

好年轻

在等

Ⅱ.

你说来

只坐一小会儿

行

只怕屋里没有茶酒了

这么些年

喝了不少不想喝的苦茶

也尝了不该尝的红酒

再不必了

不用展示你的家人

和那些走过的山山水水

不好奇了

就像老样子　来吧

白布衫蓝球鞋

那年

你就是这么走的

愣愣的

不知道说什么
不敢拥抱
也没掉泪
就这样
扭头走了

只剩下空白
岁月洗涤之后
越发白了
就让它白下去吧

这次
不用再说什么
像当年那样
看一眼
就走吧
都过去了
我们也都老了

明月

借着恩师的光辉

在夜间

悄悄从云中钻出

溜达招摇

有点孤独

一会儿圆

一会儿缺

小伎俩

却引起那些

牵肠挂肚

胡思乱想

真相都明白

又不想知道

哪来的神话?

就是块石头

不提了

因为

劳累一整天的农人

只剩下

这点美好

白月

天已大亮

还悬挂在那里

苍白得像一纸片

没明白吗?

白天是不属于你的

下面正在忙

谁也顾不上谁

昨晚那些无眠的人

已经不见了

阳光下

没有他们一席之地

这些苍白的人

今晚　明晚

还会来

除了数不尽的哀怨

他们一无所有

这世上

夜幕带来了安全感

凉风拂去了心里的痛

还有你

也只有你

在耐心听着那些倾诉

背面

在天上

自由自在

时隐时现

那些故事

真真假假

从小就听过

太多的诗词

美的　苦的

几首还在流传

大都已被忘却

不过诗人的心是诚的

总是让人看着

这光洁的一面

像个玉盘

给人遐想

是什么定律

还是上天的意志

让你如此？

或是你有意如此
只想让世人有最好的梦幻?

最近有人去了你的背面
还捧回了一把土
说是同样的灰石和山峦
但却是无止境的黑和冷

光与影

没有我

怎么会有你?

是的

有你才有我

我让你更明朗

你让我更隐蔽

各自有各自的生存方式

当然

众人总是夸你

都喜欢闪亮

我　不惊不喜

有一天

谁知道

更亮更美的星又会出现

覆盖了你

淹没了你

而我

也不能变得更暗

更隐蔽

更无存在感

不过

还是存在

选择

礼物

一

——我们在天山上吗?

——是的 孩子

——这是天池?

——是 多美

——水是从天上来的?

——应该是

——想喝一口

——可以 不过

先要祈祷

感谢神的恩赐

二

——这是三门峡吗?

——是的

——水又浑又黄?

——这是黄河

——不是说

黄河之水天上来吗?

——诗人的话你也信？
——不能喝吧？
——喝吧　没选择了
　　这是人送来的礼物

局限

石缝里的蚂蚁

想着两桩事

囤足粮食

然后到石头顶上看看

确实寥廓

那又能怎样呢?

这方圆几尺地

足够一大家人温饱

只要人类不来捣乱

可以安稳地过一辈子

几年前

有只蚂蚁想看看海

执意离去

再没有回来

过往的海鸥说

他是爬到了海边

就这么看着

一动不动

后来被潮水卷走了

至今

只有他

看到了大海

婚礼

邻居要搬走了

可爱的孩子

看着长大的

笑起来总有些忐忑

挥着小手告别

——下次见就得到你结婚啦!

　　哈哈……

她上了很好的大学

找了很好的工作

还得了个孩子

好看的卷发

代孕很成功

只是没了那场婚礼

又在着手第二个

成功概率:0.38

抽屉

高高的柜子

几十年了

一直立在那儿

四个大大的抽屉

从上到下

一副庄严的样子

标签老早贴好

"读书"

"事业"

"爱好"

"杂事"

这些年了

碌碌终日

一直试图往里面装

可上面三个装了一半

就不再有了

只是最下面的那个

越来越满

如今

已经装不下了

岔路

一到这里

有种莫名的焦虑

没有路标

和路灯

眼前一片茫然

选择这么恐惧

因为结果会恐惧

或永远与后悔相伴

若有个路人

指个方向

那该多好!

他即便也会错

但总强于独自的迷茫

最终还是想分担这个责任

也很怕被嘲笑

这世上千千万万条路

千千万万个旅者

为什么只有你

选择了一条没人愿走的路?

现在没办法了

没人帮你了

决定吧

哪怕是扔个骰子

哪怕是看个星宿

无论如何

是死是活

也要走下去了

理发师

——就是个种田的

他自言自语

梯田在闪闪发亮

层层叠叠

绵延不断

最后一畦秧

栽下了

弯弯地围着山坡

一行行

如小童扎起的短辫子

在暖风中摇晃

整天在这坡上

忙碌着　呵护着

苗儿一天天长高

也越发齐整

如同被洗梳过一样

几年前

还是个荒坡岗

就像野孩子的头发

乱乱的　脏脏的

如今他坐在田埂边

像是在守着自己的娃们

喝着地瓜酒

吹着小曲儿

啃着干粮

——就是个种田的

还在自言自语

——但你更是个

　　设计师　美术家

　　有你

　　这山坡

　　一下子精神了！

——最多就是个剃头的吧？

如果

岔路口有个酒馆

老汉一边扫地

一边自语

过路客不时停下跟他聊聊

他总有些好的建议

——打这儿左拐直走

是一片沃土

种什么

收什么

年复一年

年年如此

置一处房子

安心过好日子吧

——这儿右拐弯下去

是一片大海

有时打得着鱼

有时打不着

但运气好

碰上条大的

够半村人的

再置一条船

也能过上好日子

——这儿朝前走

就上山了

越走越险

有迷路的

有摔死的

不少折回头

不敢再往上去了

偶尔有说登上了"绝顶"的

其实多半是骗子

——那个"绝顶"总是浓云笼罩

传说上去后是景致无限

有仙人常住

神话一般

只是山高雾寒

要苦一辈子

谁有那个大志向?

——您呢?

——我只在这岔路口转悠

下不了决心

几十年过去了

还在替人扫地　抹桌子

唉　如果……

出家

他去了

人们都大吃一惊

不是天下第一神童吗？

怎么突然之间

走出这样一步？

一个十三岁的孩子

捧成了天才

校园中　歌声里

该有多孤独

他的每一次闪光

都被视为理所当然

他的每一次挫折

都被无数倍放大

人们是否了解

神童也想玩一玩傻一傻？

孩子也有萌发的和被压抑的爱？

当整个社会把他捧上神坛

那个神坛

就成了他的坟墓

似乎一直在挣扎

想摆脱

可社会与个人

不可调和

人们都觉得是个成真的梦想

自己却是个悲剧

如今他出家了

让他去吧

也许他找到了

平衡

平静

找到了他想探索的路

只要他好

就好

地铁

I.

天还没亮

北五环外

高高的站台上

就挤满了人

缩着脖子

跺着脚

不安地等待着

车从黑雾中冲出

像只巨兽

瞪着刺闪的眼睛

呼啸过来

一阵旋风后

站台被一扫而空

只有身影

没有面孔

最重要

又最不重要的人

唤醒了城市

却又被城市忘却

Ⅱ.

耸立的大厦

是实力的象征

正面褐色的玻璃高墙

首先享受每个朝阳的温暖

楼影下的路角

一对母女摆个煎饼小摊

辣味尚可

热乎乎的

化去了不少十二月的冷冰

女儿的脸颊冻得红红的

头巾下几分秀气

今天母亲突然说：

——难得您又来

明天起就不让摆摊了

说是在大楼前难看

也成吧

姑娘要回去嫁人

我也累了

挤不动那个地铁了

移民

走得远远的

成了那颗星上的移民

三年的旅程

今天到了

搬进自己的气泡房

行李中翻出一个信封

里面几张旧照

和一张小纸条：

——就这么走了

不知为了什么

最伤感的文字

是离别

你　还回来吗？

窗外暗暗的

荒坡显得更红

突然有点后悔

其实　很后悔

一辈子总想走开

但还是走不开

彻底静下了

连个虫儿的声音都没有

拿出纸笔

写了三个字

就写不下去了

莫　莫　莫

新生活

你这么一走开

留下了不少纳闷

共事多年

仍让人琢磨不透

是厌烦了每天的枯燥

去追求那个诗和远方?

还是看破了尘世

索性一走了之呢?

也不记得这是多少年了

突然收到你的邮件

碰上了一个相好

异国的

把所有的积蓄搭上

接收了一个葡萄园

在一个岛上

几张照片:

有在葡萄园里忙碌

难得看你打扮成个农工
有带孩子们在草坪上悠闲
头发给小风吹得有点乱
最后是你俩坐在木椅上的背影
小桌上放着酒杯
想是自家酿的红酒
葡萄园有些朦胧
只有夕阳在杯子上留了个亮点

结尾你说：
——我家几代都是种田的
土地在我们的血脉里
田野是个忘不了的场景
田园是个生活方式
这个生活方式又找回了我

记很早前的一位同事，辞职去种葡萄园

枷锁

朋友的女儿

看着她长大的

安静得像个小羊

比肩膀还宽的书包

一把半旧的小提琴

今天　在高考的志愿上

填了离家最远的学校

父母在沮丧

——哪儿做错了？

所有的爱和付出

却成了她心中的枷锁

那把枷锁

大概不是她人生的第一个

更不是她的最后一个

只想逃得远远的

这代人是幸运的

没见过身背枷锁的奴役

那个上千年的耻辱

在文明里应该消失了

只是　看不见的枷锁

还一直在缠绕着

每走一步

每做一件事

都可能是个新的枷锁

越箍越紧

要解脱

要找到那把神秘的钥匙

或需要几天

或几十年

或永远

刚看到个小视频
一位精神抖擞的老太
跟老伴驾着摩托
游遍了半个中国

——后面计划去哪儿?
——我八十了
不计划了
想走就走
想去哪就去哪

孩子般的天真笑容
她　没有枷锁了

无悔

高中最后的一年
都是在教室里趴着度过的
就连那个宣传委员
好看的眼睛也被揉得红红的

可是在高考前的那一天
班上出了个惊天大事：
她　慢慢地站起来
走到他的桌边
低声但坚定地说：
——你这同学
　　这时候还写这个？
一边把张纸条摁在他桌上

教室内没有喧哗
没有大笑
大家抬起头眨眨眼
又趴了下去
只是不时有些悄悄的声音

他？爱上了她？

这么多年了
听说各在一方
都混得不错
疫情唯一的好处
就是让半死不活的同学群
重新活跃起来

今天大家又在追问：
——后悔吗？
终于
她说：
——后悔
他说：
——无悔！

哈哈　好可爱

脸谱

面对苍白的面孔

排开彩笔

赤橙黄绿青蓝紫

万千种组合

想入什么角色？

隐忍着什么心事？

悲催的奔放的

彪悍的懦弱的

那一股冲动

或一丝奸诈

都有一抹色彩赠你

绽放在舞台上

让世间更加缤纷！

只可惜

那位矜持的"情商"

还是把一切

藏在了苍白的后面

最喜欢

学校的课大都没劲

数学老师总是漫不经心的

上课像是对着窗外说话

目光是那么遥远

试题又那么难

不是为了高考

谁会上那玩意儿？

更不喜欢语文老师

老是卖关子

据说诗写得也不好

但老让我们去背

有时还夹几个繁体字

弄得爸妈觉得他好有学问

反倒埋怨我学不好

唯一好的是音乐

同学们都说喜欢这门课

其实都是喜欢林老师

她每次走进教室

就像带进一股春风

先对大家微笑一下

然后坐到风琴后面说声

——来听一首歌吧

风琴很旧了

踏板的咯吱声有点响

但也没关系

林老师的歌总是很好听

到了年底

连不喜欢唱歌的也喜欢上了

最后一堂课了

终于有人忍不住了

站起来大声问：

——老师弹了这么多好听的歌
　　哪一首是您最喜欢的呢?
林老师笑了
笑得比往常开心
——最喜欢的?
　　就是我马上要弹的这首

这么多年了
我还是在思忖
要是每次要做的事
都是最喜欢的
那该多好

听

听见了
又等于没听见
全是杂音
神在哪里？
无人会谐音

林子里鸟儿在叽喳
清新悦耳
都市人群的嘈杂
却有点心烦

坡上的一阵清风
吹醒了千般色彩
而路上的喇叭声
又掀起了
黑白的尘烟

情的纯真

在胸口怦怦几下

只传给

心有灵犀的人

一旦染过纸笔

便成了一堆糟粕

琴师

他总是第一个来舞蹈室

在角落坐下

从布包里掏出乐谱

端正地放在钢琴上

头朝教室中间斜着

双手在膝盖上等待

老师一击掌

一,二,开始!

他便埋头弹起来

像上了发条

专注　汗水悄悄在流

老师们都喜欢他

孩子们不记得他的名字

就叫他伴奏师

他有些智障口吃

只是灵巧的十指

让人忘了这些不足

今天是他最后一次伴奏

结束后他缓缓站起

拿出一张小纸

结结巴巴地念着：

——我是个幸福的人

　　有很好的爸爸妈妈

　　三十年在这儿

　　陪伴着

　　最美丽的天使们起舞

——每天下班路上

　　总有些音符在耳边打转

　　都记下了

　　成了六首随想曲

　　不敢去外面表演

　　这儿若有几分钟

　　让我弹给你们听听？

不是肖邦

不是德彪西

只是一个伴奏师的真

几分钟后

全教室的人都在流泪

表演

一夜熟睡
倦意全无
对镜子
拍了拍左右脸颊
平静下来
点点头挺挺胸
量身定做的新装
上下打量
格外贴身
妥妥的一个明星
上吧!

每天都是一场戏
一生也是一场戏

画外音:
上台前的那一刻最难
忐忑焦虑
即便有千遍的排练

上了

就踩着节奏走吧

节奏停了

就跟着自己的心率

或本能

或直觉

用心读懂无声的情感

让目光聆听爱的智慧

最末两句译自莎士比亚十四行诗第 23

马戏

扭曲的心态

要靠异类来取悦

大自然的主人

被赶进了陌生的帐篷

每分钟的惊叹

何尝不是上百次的鞭笞?

可怜那个 Pagliacci

阵阵欢乐的浪声

却是他

流不完的眼泪

Pagliacci 是歌剧《丑角》的主角

谢幕

最后一个音符

没有夸张地扬起手臂

只是汗珠在滴

屏息

震撼

暗暗的大厅里

寂静

还在期待

太精彩了

可他已经耗尽

忘了鞠躬

起身径自走开了

突然间

掌声雷鸣

卡门

原始的罪孽
迫使那个男人
去接受残酷的折磨
就像背着十字架
心甘情愿地爬行
同时忍受上方来的鞭笞

过于纯洁的爱
让他不敢睁开眼睛
妈妈送来的吻
是一种谴责
无地自容
只有那般野性
充满了各种想象
也填补了无名的空虚
奇怪的满足

明明是个弱者

却又渴望那些荒山险林

上去就下不来了

可是那些阵痛

无法摆脱

唯有死

才能换来终极

和救赎

不是上帝的旨意

也不是亲人的期待

只是一个不可逆转的结局

乔治·比才的歌剧

哭

雨中
有哭声
雨越大
哭声也越响
心有灵犀
逢悲哀
人的眼泪不够
还要雨水

哭吧
管它是爱
还是财
得到失去
都得哭一场
接着
劈头盖脑一浇

镜头拉近特写
哈

都是精心的安排

不能怪上帝

原来是人

让每一刻的骚动

掺上百倍的浑水

好一副惨烈样子

不可收拾

——天上的泪是什么?

孩子在问

一边看着手机

全神贯注

我也在看着手机

突然

明白了

愿

一直醉着

不知天下都发生了什么

更不知天上的事了

梦中有人在狂喊

地球只剩下七天

太阳要烧尽了?

还是哪儿来的星星要撞上?

就这么一个频道

只能相信

都像耗子

缩进了地下

有意义吗?

居然还划出了地盘

荒谬

但凡有人的地方

就有地缘政治

法文中文斯瓦希里

交叉地在吆喝

谁也听不懂谁

只有那个戴眼镜的

盯着数据

似乎明白一点

学过相对论

还是玩过电竞？

但愿

都被大英雄感动了

我只相信韩朵朵

她说：好害怕

《流浪地球》观后

独角戏

小人物都喜欢大戏

大伙都知道

这世上　戏比人重要

上次的戏上

终于有了一段台词

——请用茶

主角说

——下去吧

这主角可是好有名气！

一定要搭个什么

没个好手艺

也不是什么二代

唯一的路子

就是大戏了

如今朋友们都说

这可是上过大戏的演员

村上的人也听说

我跟大角儿对过戏

就把我当成了个角儿

时间久了

自己也觉得是个角儿了

感觉真好

今年收庄稼

村长来个电话

——你给大伙来一出吧?

村里难得出你一个名人

就独角戏吧

这可麻烦了

编剧没给写个词

导演没教怎么走台

除了张漂亮的脸

什么都不会

明天要上台了

蒙着被子大哭起来

繁花

那也是我的年代

未曾独上高楼

没胆略

也没谁指个路

最终

也没摔下来

平平淡淡

从开始走向结束

窗前闲坐

一阵阵彷徨

故事和现实

模糊并存

后院的几样花卉

漫无目的开着

懒散寂寞

却安然自得

外滩公园的花圃

整日阳光和赞美

繁忙繁华

只是明天又会换上新的

还是要去一次对面的老酒店

哪怕只是一小会儿下午茶

当然得置一套体面的西装

英纺纯羊毛的

房子

他们的肩膀

怎么总是在下坠?

他们的眼里

怎么总是藏着泪?

他们说

一直在忍受

其实一无所有

英雄在阿根廷

名牌是法兰西

硅谷的虚拟空间里

游荡着儿女们

就连那个归宿

也在遥远的古天竺

曾经有爱

有过信仰

纯真且崇高

他们和她们

也曾可依赖　信任

如今

只剩下房子了

房子把他们分成几等：

一套房的人

两套房的人

几套房的人

……

或无房

鄙视嫉妒

和猜忌

只是没了幸福

伴随他们度过

一天又一天

河床

从前只有冬天才走得过去
踩着厚冰
如今夏天也可以了
踏着裂土

说是气候变了
谁都没办法
也有人说水被上游的人截了
去种郁金香
还有人说
是附近建了个高尔夫球场
那个知名人士又在警告:
说地表温度再升两度
这儿会变成沙漠
好吓人

只是
那些从沙漠里出来的
正在看足球
比谁都富
不知我们在担忧什么

消失的声音

傍晚的闹市

人和车

越发嘈杂

却渐行渐远

手机上急促地喊着

也没什么要紧的事

尽是杂音

隔着玻璃

像无聊的电影

一串串凌乱的蒙太奇

空间里浮动

也许是真实的

只是记忆有些遥远

似曾见过的片段

虽是怪谬

却老在重复

虚实　混淆了

时空　穿越了

灵魂　在离开躯体

成一缕青烟

无味无情

满街的机械人

在广告灯下互相折射

眼一睁一闭

嘴一张一合

听　等于没听

看　等于不看

都无关了

这时候

无形无声

也是一种存活？

网红

那首爆红的黄昏诗

仿佛是一股幸福的春风

每年这个季节

杂志都来约他

已经二十年了

一首比一首　颓废

也没什么人读了

想想第一首

才二十出头

就是个恋爱的诗

不怎么样

只是黄昏人大胆

诗更大胆

招来一窝蜂的点赞

可　这都过去了

现在很无奈

能到此为止吗？

情人节

爱　是神圣的
那是来自上帝
上帝时时爱着他的创造

人的爱
是罪孽的
因为人在爱的后面
加上了　情

然而　没有情
就没有性
就没有繁衍
人类就会消失

植物逢季开花
动物定期发情
这都是上帝的设计
七夕　是他给人类量身定做的

自古以来

天下被禁锢的姣好女子

这一天　可以

大大方方地奔出家门

尽情分享难得的随意

上帝或许以为

人类也像其他万物一样

会遵循他的旨意

可是　天生背叛的人

早已在其他日子

做完了上帝不让做的事情

他们失去了天堂

却建立了商城　网络

他们拜了神灵　寄走贺卡

就去买东西了

那是他们新的人间天堂

哈　七夕到了

诗人们

该写的都写了

该做的都做了

还能忙些什么呢?

幸福

两雀

在追逐　嘻唱

最终　落在一细枝上

越挨越近

歌　也越来越轻

无声

再一看

已相互移开数尺

分别打理着自身的毛羽

间或　抖抖翅膀

互鸣两声

仿佛在说：

再恩爱

也得留个空间

圣诞节

今天有两个节日

一个肃穆

一个欢乐

是为了摇篮里的那个诞生

又为了一个招摇的红袍老人

低头吟祷仰首吆喝

并存

有人不高兴

哪来的那番热闹

根本不是初心

世间充满苦难

上帝送来他最心爱的人

传播福音

说得都在理

但人类还是选择了

陶醉和忘却

孩子们的幸福很简单

就是礼物

大人的幸福更简单

就是孩子们高兴

节就这么过吧?

尽头

她只有他了

二十多年过来了

也不知怎么过来的

没有阳光

没人搀扶

只在背后的尘土上

有些看不见的脚印

那是一条漫长的路

她抱着他

背着他

推他在小车上

扶他上自行车

送上校车

接下校车

数不清了

她只说

不再需要伴侣了

心里装不下另一个人

她要一直呵护着他

但去年还是撒了手

那是一个高兴的日子

终于长大了

那条没有阳光的路走完了

机场明亮的大厅里

他第一次看到

她耳边挂下的几根白发

突然

大洋对面的一声枪响

……

耳边的发丝更白了

其他一切

又重回了更黑的黑暗

惊闻芝加哥大学枪击事件。

过年

不是说

人与人之间

都不超过六度的分离吗?

那么或许

我的朋友的朋友的朋友

能替我转达一个问候

随机一声枪响

又一个华人孩子倒下了

只听说

他二十几岁

耶鲁的学生

几天后是他美好的生日

有个女孩刚接受了他的求婚

年轻人

带着无限的憧憬

还有那一头的黑发

走了

一夜之间

爸爸的花发也全白了

只留下

墙上蹒跚的黑影

一月的丧事

苍白的雪

刺骨的风

白发人送黑发人

雁过黄昏

最是伤心

今年过年

不让出行就不出行吧

粗茶淡饭

孩子在左边

夫人在右边

纷纷乱乱的世上

很好了

桥

拂晓前
分不清花草
都市也是一片朦胧
只有桥在半空中悬着
简明有力的线条
支撑着一道道车灯

曾经　在人们的心中
有那些无形的桥
它们是爱　是安慰
是拍拍后背的手
是可以哭泣的肩膀

啥时候开始

都变成了短信

和几个傻笑的表情包?

直到　那个冰冷的夜晚

一个年轻的身影

徘徊着

犹豫着

然后　一跃而下

旧金山金门大桥是世界上自杀事件最多的大桥之一

炮台

岛的最南端

有个坚实的炮台

说是同治时期的

早已破旧

不见游人

厚厚的石墙缝间

衰败的杂草在探头缩脑

几分凄凉

但依稀可见当年的肖然

大石门已斑驳

横匾上只剩有"南天"二字

外面那棵参天大树

也是同一年代

海风又暖又湿

枝叶摇曳着

与其说在迎客

倒更像是在哀叹

还记得那一段血腥?

倭寇的图谋

列强的阴险

还有不合时宜的瘟疫

一排排躯体

如此年轻

尽在榕树下

在她的眼前

坚韧的藤条

死死地缠绕在树干上

像老人手臂上暴出的筋

抑制着积压的恨

仍可看见

树上的弹孔刀痕

记载着

那一场场狂野的厮杀

孤独地立在那里

睡去又醒来

年复一年

还硬朗着

会一直守下去

向过往的人讲述

这个渐渐被忘却的故事

高雄旗后炮台随感

自我

简历

做了个奇怪的梦
突然发现
镜子里看不到自己的脸了
五官抹成一个平面
白白的

仔细看
竟有密密的字样
中文，英文
莫非是我的简历？
还真是！

慌乱之时
女友来电话
她的脸也没了
哭得好伤心
她有一张美丽的脸

兄长教诲过我：

——简历要放最显要的位置

你长啥样

读什么书

如今都不重要

人家只看简历！

不是吗？现在

谁来关心你的志向？

谁想理解你的情怀？

他们只会扫入你的信息

三秒钟内决定你的命运

时间过得快

梦里的时间更快

人生结束了

终于见到上帝

我准备好了一份简历

上帝却说：
——你的事嘛我知道
你们不都是我造的吗？
简历不用了
拿回去吧

——可是，上帝
小的这几十年
吃了无数的苦
脸都不要了
就换来这份简历啊

——又一个傻瓜！
好吧，善哉
你光着身子下去的
还是光着身子回来吧
天堂不需要什么

静

想静的时候

大都是心里不静

有念头

就有困扰

需要停一下

想一想

捋一捋

再回世间

有的人只需一根烟的工夫

有的人需要大半辈子

更有人

需要亡灵来伴随

让静在祈祷和忏悔中度过

动　则乱

但其实又不乱

都在跟风

为一个相似的目标

朝着同一个方向

累死的

气死的

被挤轧死的

卷?

只有静

才会去想那些

不该想

或不敢想的事

才能走进那些个深处

发现善良和肮脏

才会发掘欣悦　愧疚和解脱

动动

只是不要太盲目

静静

但不要耽搁太长

刻度

心里都有一把尺子

只是　你的心大

能装下一把大的尺子

光洁又平滑

让人腰杆立直

却不衡量高低

为路人指正方向

但不测远近

在你眼里

这些都是善良的人

有前程的人

值得尊重的人

你爱所有人

没有区分

而我的尺子

又窄又短

上面刻满了道道

是限度标准

容不下半点丑恶

也不信有真正的善良

是幼稚

还是缺乏格局？

那又怎样

谁让我们的空间如此狭隘？

惊喜

以前觉得

神奇的事很遥远

得做个无畏的人

拄着手杖去闯荡寻找

或许在哪个

高山之巅

云谷深处

方能目睹传说中的惊喜

再说些不惊人的大话

做不到了

都铺上了大路

那些最奇最美的地方

都盖上华丽的山庄

最大的凉台

留给了最大的价钱

美照就在广告上

没有惊喜

只剩下夸耀

隐约看到窗户上

有个淡淡的影子

风一吹

微微颤抖

突然一阵惊愕

这是我？

在现在？

为什么？

都是些偶然吗？

……

莫名其妙的困惑

说不尽

也说不清

米粒

我被留了下来
藏在粮仓高高的架子上
左右都是饱满结实的弟兄
占着最通风凉爽的地方
看着地上堆满的稻谷
禁不住在窃喜
我们是村上的自豪
是来年的种子

终于发出了嫩苗
是在个酷热的天
农妇有力的手指
把我们插进了滚烫的水田
大颗汗珠滴在我的手臂上
微微带着咸

转眼拔了半尺高

孩子们开始露脸

人们仰着头在担忧

黑云快要压垮树干

江边的大堤上

老人们在叹息：

——多好的一茬庄稼

保佑啊　老天

可是　洪峰还是来了

所有的汗水

所有的起早摸晚

还有那些没流干的眼泪

都跟着我

被冲进了一片黑暗

笔画

小丁是我的邻居

也在同一个中学

每天一起上学　一起放学

他数学好　我语文好

个儿也差不多

可到了年底

我评上了三好生　他没有

说是他有两次迟到记录

——我这个倒霉的姓

　　　每次点名都第一个

　　　你倒好　在最后

我要是他

也会郁闷

大学毕业又分到同一个单位

狠干了几年

终于要提副科长了

我和小丁都在名单上

科长只找了我过去
——现在上面要求简政
两个名额变成一个
班子开了一下午的会
就为你俩的事
猴魁都喝掉好几壶　嘿
最后一致决定按姓氏笔画
小丁先上　明年提你

气人啊　算了
明年就明年吧
不是有中学的那档事吗
哥俩这辈子算扯平了

转眼退休了
让做个文房四宝的副会长
老会长拉我喝个小酒
——咱这个协会气氛好
都像你和老丁这样的好同志

你说八个副会长

谁高谁低啊？

只能按姓氏笔画排了

不过大事啊

都是一人一票

年终大会的主席台有派头

鲜花　新茶杯和九把椅子

会长拉我到一边　轻声说：

——今天省里来了个重量级的

你能否在下面委屈一小会儿？

很快的　领导讲几句就走

台上老丁坐省领导旁边

一本正经的

瞥了瞥我手上的娃哈哈

善意地笑了一笑

再呷一口猴魁

——这个混蛋

还是让他笑到了最后！

我的姓氏

丘老师的课最难报上

班上全是高才生

像小颜

刻苦好学

考试总是第一

小路呢

体育健将

虎虎生威

都说他会成个将军

还有小冉

多才多艺

天下没什么他不会的

至于那个小龚

识时事

聪明伶俐

只待哪天去做个董事长

而我?

也不知怎么混进来的

有次答问一半就愣住了

老师笑着说

——就叫你小迟吧呵呵

久而久之

众人都叫我小迟

我很不喜欢

有天忍不住了

在课上大声说：

——我不是什么"小迟"

  我姓庄叫庄家仁

  你们耕过田吗？

  你们种过菜吗？

老师仰头大笑

——我不如老农

  也不如老圃

  你来错地方了

  真没出息

说罢指指教室门

一晃几个月过去

那个炎热的下午

一个人摇着芭蕉扇

守着自己的西瓜田

只见一队单车

摇摇晃晃地飘过来

领头的小伙不留神

连人带车翻进了田里

左右看着没人

顺便把两只瓜托上马路

众人好不兴奋

上前一看

嗨嗨这不是

丘老师和他的得意门生们吗？

围着一圈

满头大汗地在吃瓜

——哈是小迟!

哦不对小庄

哦也不对

该叫你庄园主了吧?

实在抱歉了

哈不就两个西瓜

让我自豪了好几天

你

你是水

每次捧到了心口

你又滑漏下去

流入了大海

你是山

气喘喘地登上山顶

却发现

你是前方更高的险峰

你是风

撼天动地刮了一夜

天未拂晓

你又无影无踪

你是地

屏住呼吸紧贴坡面

只想觉察到

你年轻的气息

你是你

人的眼里

你是神

神的面前

你也是神

疯子

起风了
越刮越猛
都躲进了屋里
缩着脑袋
祈祷着

只有那个疯子
打开所有的门窗
伸出半个身子
在狂吼高唱
——来吧
来得更猛烈些吧!

狂风刮了一夜
疯子也唱了一夜
天亮了
风也停了
人们又聚在外边
大吃一惊的是

只有疯子家岿然不动
四周的屋子全吹烂了

他歪在院子里
抱着个酒瓶还在哼着
——来吧刮吧
醉得不省人事
从此
没人再叫他疯子了

感恩

突然

在山上迷路了

黄昏里

除了草还是草

有的在点头

有的在摇头

是在同情

还是嘲笑?

路全被盖住了

只有无际的黄色海洋

饥饿

恐惧

绝望

小小的土地庙前的地上

有一盘干瘪的水果

知道这是给神灵的

但还是扑了上去

请允许我吧?

实在不行了
发誓：
要是活了下来
一定会一辈子感恩
一定要做个有用的人

名片

整理抽屉时

跳出来一张 Q 君的名片

中英对照

密密麻麻有十几行

从没听说过的协会

说都很著名

正中用隶书写着：

"第九山人"

记得是个饭局

Q 君健谈

看来很博学

听着听着

又觉得他没那么博学了

也无妨

饭后他递上这张名片

和蔼一笑

低声说：

——我很有名

然后飘然而去

我对做东的老吴叹口气:
——唉这名师一来一去
　　神仙一般
　　连个真名也没留下
——哦,他的真名叫秦二枣

约定

几千年前的遗物

让执着的人迷惘

只觉得

前人不该是那般模样

也许是艺术夸张

也许是对神明的想象

不过还的确是

不一样

或许是他们？

五千年前已经来过？

而且　说好了

五千年后再来看看

人类的勤劳智慧

把这个文明带向了何方？

可以说

这个地方

启蒙了　发展了　辉煌了

到如今呢

又说不好了

该来的就来吧

有人在恐惧

其实

也无妨

三星堆观后

噪音

一打开手机

尽是至理名言

振振有词

只是说这话的

都过得不怎么样吧?

何必要听?

门缝

细窄
进去的
花言巧语
或暴力

π

可长可短
不从何处来
不往何处去
是个圆

有爱

道生一
一生二
从此有爱

枯枝

最后一根枯枝
猎人拾了取暖
凌晨
还要杀戮

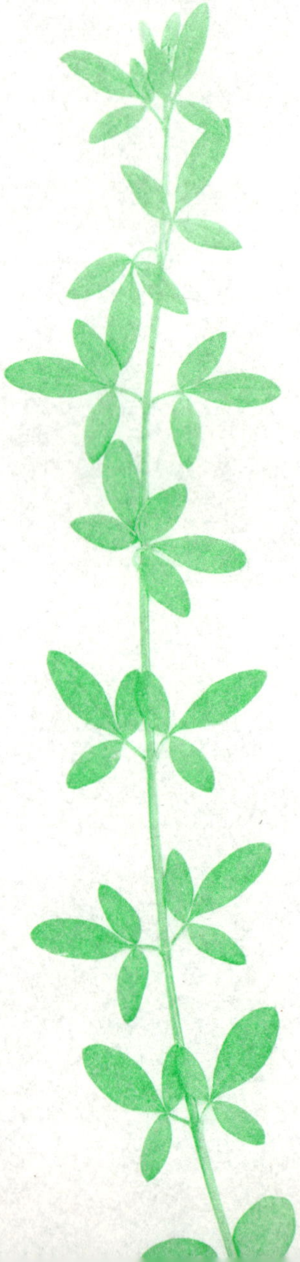

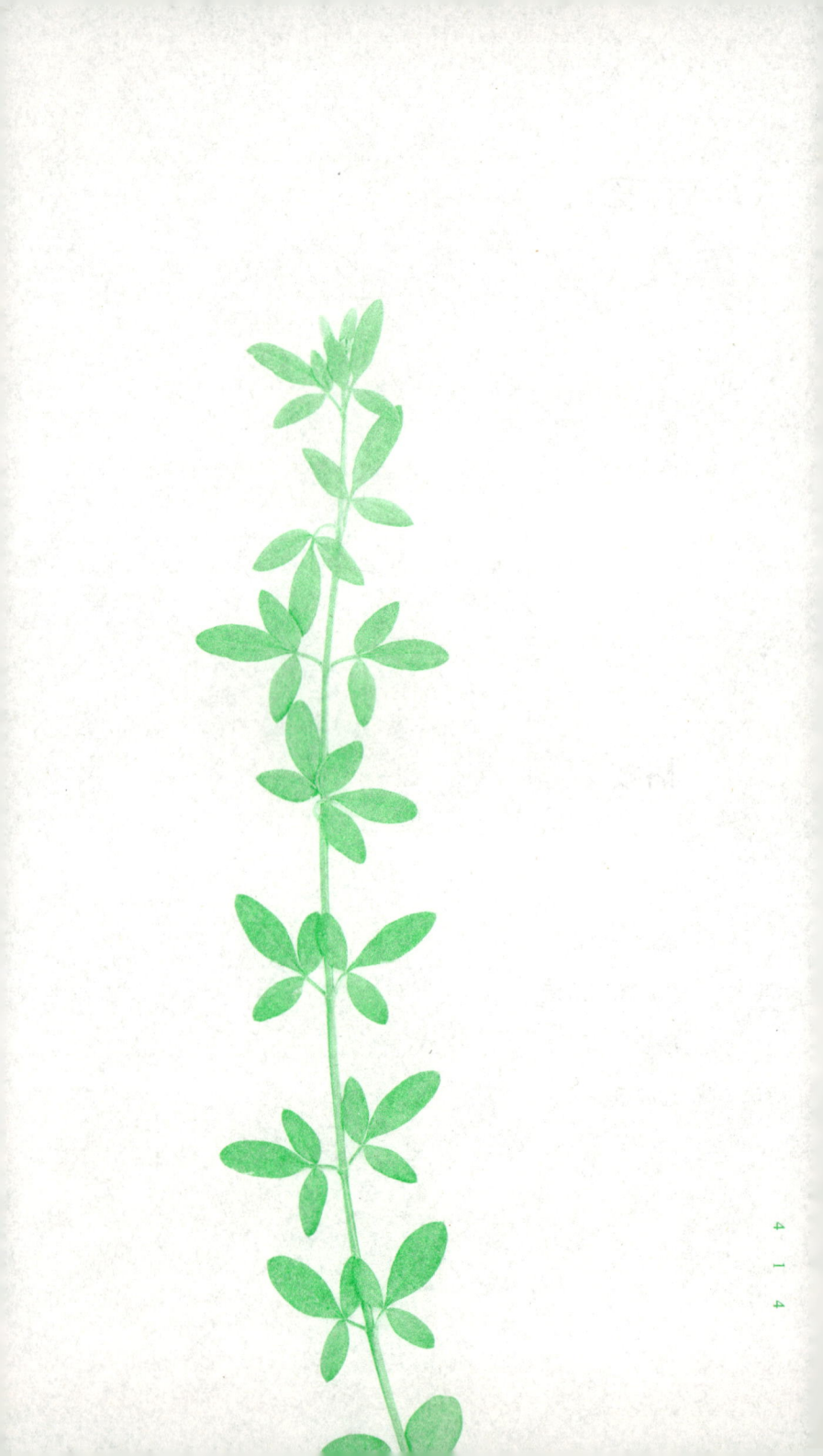

好诗

在朗诵李清照
管弦齐上
胸膛起伏

是个偷窥者
又何必?

艺术到了极致
任何华彩都是多余

小溪的绝望

每一条小溪出口

都有海鸥在等待

不过它们等待的

怕不是你

是你带下来的

虾米

考试

登山难

风声雨声鸟声

还有人声

听多了　烦了

山没了灵气

人没了心气

耗去了全部

倦了

卷了

经典名诗译文

凯风（节选）

《诗经》

凯风自南，吹彼棘薪。
母氏圣善，我无令人。

Southern breezes are warm and gentle,
Trees are nurtured to be useful.
Mom is ever so wise and kind,
It is the son that's prodigal.

采薇(节选)

《诗经》

昔我往矣,杨柳依依。今我来思,雨雪霏霏。

Departing then, please let go, sweet willow;

Returning now, down embrace me, rain and snow.

蒹葭（节选）

《诗经》

蒹葭苍苍，白露为霜。所谓伊人，在水一方。
溯洄从之，道阻且长。溯游从之，宛在水中央。

Tender blue reeds,

Dews in frosty freeze.

Oh that's my beauty,

Across river lonely.

Up currents I try,

Way to long and high;

Down currents I come,

On an isle sits my love.

九歌·国殇(节选)

屈原

诚既勇兮又以武,终刚强兮不可凌。
身既死兮神以灵,魂魄毅兮为鬼雄。

Such are your bravery and strength,
Few have guts and will to challenge.
Beyond death outlives your soul,
Still a hero you'll be in next world.

长歌行

汉乐府

青青园中葵,朝露待日晞。

阳春布德泽,万物生光辉。

常恐秋节至,焜黄华叶衰。

百川东到海,何时复西归?

少壮不努力,老大徒伤悲。

Such a lovely garden with mallow greens,

Morning dew awaits sunlight and gleams.

Balmy spring spreads nature's bounty,

Everything glows with prosperity.

Grief is often felt as autumn draws closer,

Leaves will turn yellow and then wither.

Rivers all proceed eastwards to the ocean,

How could each course be reversed to its origin?

Prime years squandered as a young adult,

Will be regretted in vain when he's old.

孔子世家赞（节选）

司马迁

高山仰止，景行行止，

虽不能至，然心向往之。

Like a towering mountain, your virtue is revered,

Like a shining boulevard, your practice is followed,

Although forever far from reaching,

My heart never ceases longing.

天马二首·其二

刘彻

天马徕，从西极，涉流沙，九夷服。
天马徕，出泉水，虎脊两，化若鬼。
天马徕，历无草，径千里，循东道。
天马徕，执徐时，将摇举，谁与期？
天马徕，开远门，竦予身，逝昆仑。
天马徕，龙之媒，游阊阖，观玉台。

Here comes the Horse Holy,

From the far west, so gallantly;

Treaded desert that's so vast,

Conquered all the foes so fast.

Here comes the Horse Holy,

Out of spring water, so lively;

With double tiger backbones,

A magical spirit dances alone.

Here comes the Horse Holy,

Galloping miles, so briskly;

With no need for grass near,

Arriving the Orient in Dragon year.

Here comes the Horse Holy,

Taking off again, so splendidly;

With powerful wings you fly,

To the infinity, far and high.

Here comes the Horse Holy,

Soaring above clouds, so divinely,

Opening the Pearly Gate,

Kunlun's angels come to embrace.

Here comes the Horse Holy,

It's God's palace, so heavenly;

Stroll around, holding Dragon's hand,

There's no better place for a man.

七步诗

曹植

煮豆燃豆萁,豆在釜中泣。
本是同根生,相煎何太急?

Beans are braised,

Stalks are blazed.

Still remember,

Am I a brother?

杂诗十二首·其一(节选)

陶渊明

盛年不重来,一日难再晨。
及时当勉励,岁月不待人。

Hours of a day can't be reversed,
A prime age won't be repeated;
Be aware that time is not waiting,
So cherish the moment and keep uplifted.

饮酒·其五

陶渊明

结庐在人境,而无车马喧。
问君何能尔?心远地自偏。
采菊东篱下,悠然见南山。
山气日夕佳,飞鸟相与还。
此中有真意,欲辨已忘言。

From a crowded world I hide,

Oblivious to noisy carriages outside.

Wondering how this is managed?

Solitude ensues when mind is detached.

Picking daisies by the east fence,

Admiring South Peak in distance.

Misty hills are mesmerising at dusk,

Flying birds are returning in flocks.

There must be reasons that all this occurs,

But I'm at a loss for right words.

诏问山中何所有赋诗以答

陶弘景

山中何所有，岭上多白云。

只可自怡悦，不堪持赠君。

Little do I know what mountain actually has,

Besides white cloud up there like a magic hat;

How it just delights me the dreamer,

If only it could be presentable for you sir.

人日思归

薛道衡

入春才七日,离家已二年。
人归落雁后,思发在花前。

Only seven days into the spring,
Yet already away two years running.
Now those geese guide me homebound,
In blossom is my old memory found.

守岁

李世民

暮景斜芳殿,年华丽绮宫。
寒辞去冬雪,暖带入春风。
阶馥舒梅素,盘花卷烛红。
共欢新故岁,迎送一宵中。

Against dim twilight stands the palace of magnificence,
Ages of glory have enriched its royal opulence.
Snow melts away along with departing winter,
Early spring ushers warm breeze into my chamber.
The sweet smell of plum blossom permeats the air,
Red candles and floral offerings line up with flair.
Cheers to all the years together, past and new,
Such a festive night for greeting and adieu.

※ 获第十五届"百人百译"全球翻译大奖赛第一名。
注:"百人百译"全球翻译大赛至今共举办十六届,参赛者以国内高校英语老师、研究生和本科生为主,加上其他英文专业工作者和爱好者。

蝉

虞世南

垂绥饮清露,流响出疏桐。
居高声自远,非是藉秋风。

Enjoy sweet dews with your tassel-like needle,
From sparse maple trees a potent voice is heard far and wide.
It's all because you are standing so high,
The autumn breeze is of no help at all.

奉和咏风应魏王教

虞世南

逐舞飘轻袖，传歌共绕梁。
动枝生乱影，吹花送远香。

Dancer's sleeves extend gracefully,
Group chorus reverberate gloriously,
Tree branches quiver sporadically,
Fragrant petals travel distantly.

咏柳

贺知章

碧玉妆成一树高,万条垂下绿丝绦。
不知细叶谁裁出,二月春风似剪刀。

Jade-like color dresses up the tall tree,

A thousand of willow twigs hang free.

Who is out there trimming leaves slender?

February wind cuts like sharp scissors.

回乡偶书

贺知章

少小离家老大回,乡音未改鬓毛衰。
儿童相见不相识,笑问客从何处来。

Ages away faded a man's hair,
but heavy accent still stayed.
Village kid smiles with a bow,
from where, dear sir, are thou?

登鹳雀楼

王之涣

白日依山尽，黄河入海流。

欲穷千里目，更上一层楼。

Setting sun dims along the mountain,

Mighty river rushes to the ocean.

Try to exhaust an infinite sight,

Need to climb another daring height.

望月怀远

张九龄

海上生明月,天涯共此时。
情人怨遥夜,竟夕起相思。
灭烛怜光满,披衣觉露滋。
不堪盈手赠,还寝梦佳期。

The Moon arises from the vast ocean,
Folks from afar share the same vision.
The night languishes with a lover's woe,
Sleepless torment is a cruel sorrow.
Candles dim and the place moonlight fills,
A robe cannot keep me from dewy chill.
Hard to present the sight with bare hands
In sweet dreams may we embrace again.

渡汉江

宋之问

岭外音书断,经冬复历春。
近乡情更怯,不敢问来人。

Far away with little correspondence,
Spring arrives after winter experience.
Feeling edgy as the hometown draws near,
Too nervous to inquire with dreadful fear.

送柴侍御

王昌龄

流水通波接武冈，送君不觉有离伤。
青山一道同云雨，明月何曾是两乡。

Waves of Yuan reach down to Wugang's shore,
Unknown sadness arises with your departure.
Sharing blue mountains under rainy clouds,
Moon would never change wherever you were.

芙蓉楼送辛渐

王昌龄

寒雨连江夜入吴,平明送客楚山孤。

洛阳亲友如相问,一片冰心在玉壶。

Night rain overwhelms cold southern river,

Your morning adieu leaves me so somber.

Should dear friends in Luoyang inquire and sob,

My heart feels like pure ice in a jade pot.

凉州词

王翰

葡萄美酒夜光杯,欲饮琵琶马上催。
醉卧沙场君莫笑,古来征战几人回?

Grape wine is so fine in shiny jade cups,

Horseback pipa plays and a march comes up.

Laugh not at drunken men lying down,

Few make it back from battleground.

怨情

李白

美人卷珠帘,深坐颦蛾眉。
但见泪痕湿,不知心恨谁。

A silhouette looms behind lifted screens,
fair and meek;
Traces of tears, betraying a heart so wounded,
quietly blemish that tender cheek.

黄鹤楼送孟浩然之广陵

李白

故人西辞黄鹤楼,烟花三月下扬州。
孤帆远影碧空尽,唯见长江天际流。

You bid farewell at Huanghe Pavillion,
and proceed towards Yangzhou in a flowering season.
The lone sail is vanishing under an infinite sky,
while Yangtze is hurrying into the horizon.

望庐山瀑布

李白

日照香炉生紫烟,遥看瀑布挂前川。
飞流直下三千尺,疑是银河落九天。

On the Mount Incense Top,
a violet smoke arise amid sunlight.
From a distance, waterfall hangs over a river so high.
Plunging three thousands feet, roars the torrent,
Isn't the Milk Way falling from a nineth sky?

赠汪伦

李白

李白乘舟将欲行,忽闻岸上踏歌声。
桃花潭水深千尺,不及汪伦送我情。

A familiar tune is approaching from afar,
Just as my boat is about to depart.
Your timely coming feels so special,
That's deeper than the bottomless Flower Well.

宣州谢朓楼饯别校书叔云(节选)

李白

抽刀断水水更流,举杯销愁愁更愁。
人生在世不称意,明朝散发弄扁舟。

Running water can't be stopped with a sharp knife,
Sorrow only multiplies with each glass of wine.
Nothing has gone well in this world,
On a morning boat I'd rather be and see the countryside.

望天门山

李白

天门中断楚江开,碧水东流至此回。
两岸青山相对出,孤帆一片日边来。

Tianmen Gate gives way to Yangtze eastward,
Rolling currents hesitate at this very juncture.
On opposite sides blue peaks stand tall,
From sunset horizon emerges a lone sail.

送友人

李白

青山横北郭,白水绕东城。
此地一为别,孤蓬万里征。
浮云游子意,落日故人情。
挥手自兹去,萧萧班马鸣。

Blue mountains extend along the north of town,
A clear river to the east meanders around.
You bid farewell here once and for all,
For a lone journey of ten thousand miles.
Aimless clouds empathize with your wandering.
A setting sun shares reluctance for our parting.
Off you go now with hands waving high,
Horses are neighing towards an empty sky.

劳劳亭

李白

天下伤心处，劳劳送客亭。
春风知别苦，不遣柳条青。

Saddest thing of all,

Our site of farewell.

A pain dear breeze knows,

Green not please, willows.

古朗月行（节选）

李白

小时不识月，呼作白玉盘。
又疑瑶台镜，飞在青云端。

Silly is the kid,

Moon is called a dish.

Maybe God's mirror,

In the cloud hovers.

早发白帝城

李白

朝辞白帝彩云间，千里江陵一日还。

两岸猿声啼不住，轻舟已过万重山。

Morning adieu from Baidi in high clouds,

Fast down to Jiangling in a single day.

Only monkeys are heard jabbering loud,

Light boat passes by mountains like sunshine ray.

月下独酌

李白

花间一壶酒,独酌无相亲,
举杯邀明月,对影成三人。
月既不解饮,影徒随我身。
暂伴月将影,行乐须及春。
我歌月徘徊,我舞影零乱。
醒时同交欢,醉后各分散。
永结无情游,相期邈云汉。

Fine wine is poured amid blossom,

How I feel ever more lonesome.

To moon my cup is holding high,

Just you, me and shadow of mine.

Yet the moon sees no pleasure in drinking,

The shadow is just cluelessly shadowing.

With them as companions, oh so silly,

I should get dead drunk in the spring glory.

The moon lingers as verses I'm chanting,

The shadow disperses with my dancing.

So much fun making while we're awake,

When intoxicated, we'll leave and fade.

Forever shall we become dear friends,

Next rendezvous may be in heaven's end.

杂诗三首·其二

王维

君自故乡来，应知故乡事。
来日绮窗前，寒梅著花未？

From our hometown you just returned,
Must cherish some stories there learned.
Ever noticed under my pretty window,
That plum may have a few petals to show?

相思

王维

红豆生南国,春来发几枝。

愿君多采撷,此物最相思。

Southern beans are wine red,

In springtime they come out best;

Reminding me of my sweet obsession,

Would you please generously collect.

鸟鸣涧

王维

人闲桂花落,夜静春山空。
月出惊山鸟,时鸣春涧中。

A perfect idleness is disturbed by falling sweet petals,
The green mountain looks lonesome with night so tranquil;
Startled by a new moon brilliantly rising,
Birds in the valley can't stop singing.

送元二使安西

王维

渭城朝雨浥轻尘，客舍青青柳色新。
劝君更尽一杯酒，西出阳关无故人。

Dusts in Weicheng dissolve quietly in an early drizzle,
Lodges look spotless with willows dancing youthful.
Buttom up, brother, for one more cheerful glass,
Friends would be scarce beyond Yangguan Pass.

画

王维

远看山有色,近听水无声。
春去花还在,人来鸟不惊。

Distant hills line up colorful,
A nearby pond idles soundless.
Waning spring neglects lingering petals,
Unstartled birds cheer lonesome guests.

山居秋暝(节选)

王维

空山新雨后,天气晚来秋。
明月松间照,清泉石上流。

Fresh rain empties the mountain,
Night chills are felt like autumn.
Moonlight shines through green spruces,
Over pebbles flows clear brooks.

春夜喜雨

杜甫

好雨知时节,当春乃发生。
随风潜入夜,润物细无声。
野径云俱黑,江船火独明。
晓看红湿处,花重锦官城。

Clever rain senses the season,

And often arrives early in spring;

Carried around gently by night breezes,

The soft ground it's quietly nourishing.

Paths are obscured underneath dark clouds,

A river boat is silhouetted with a lone lighting.

Veiled in the dawn's dewy crimson,

It's Jinguan City in abundant flowering.

江畔独步寻花·其六

杜甫

黄四娘家花满蹊,千朵万朵压枝低。
留连戏蝶时时舞,自在娇莺恰恰啼。

Lady Huang has a splendid flower garden,
Slender twigs can barely hold a full blossom.
Up and down are butterflies dancing with ease,
High and low are orioles singing behind leaves.

绝句

杜甫

两个黄鹂鸣翠柳,一行白鹭上青天。
窗含西岭千秋雪,门泊东吴万里船。

In fresh willows an oriole couple are singing,
Up in blue sky a line of silver egrets are soaring.
The West Mountain, forever snowy, falls into my window frame,
The boat, journey-weary from Dongwu, idles at the front gate.

望岳

杜甫

岱宗夫如何？齐鲁青未了。

造化钟神秀，阴阳割昏晓。

荡胸生曾云，决眦入归鸟。

会当凌绝顶，一览众山小。

Oh, Mount Tai, so imposing in your majestic blue,
While extending endlessly beyond the land of Qi and Lu.
Such a divine creation, splendid and sacred,
Dawn and dusk divide the south and north ridges.
My heart is thrilled by the cloud layers rising high,
Homebound birds are seen approaching from the sky.
Resolved, I will ascend to the mountain top,
Just to witness how all others are being dwarfed.

※ 获第十届"百人百译"全球翻译大奖赛并列第一名。

绝句二首·其二

杜甫

江碧鸟逾白,山青花欲燃。
今春看又过,何日是归年?

Bird flocks brighten up over an emerald river,
Fire-like blossoms stand out against green mountain.
Lovely spring may soon disappear,
When will be my day of home return?

逢雪宿芙蓉山主人

刘长卿

日暮苍山远,天寒白屋贫。
柴门闻犬吠,风雪夜归人。

Mountain's further away in dim dusk,
Wintry snow pales the lonely hut.
A shabby gate suddenly cracks ajar,
The lodger returns late as dogs bark.

秋思

张籍

洛阳城里见秋风,欲作家书意万重。
复恐匆匆说不尽,行人临发又开封。

In Luoyang I embrace the winds of fall,
Letter to home makes me so sorrowful.
Darling words in a rush are hard to find,
Only to re-open it one more time.

渔歌子

张志和

西塞山前白鹭飞,桃花流水鳜鱼肥。

青箬笠,绿蓑衣,斜风细雨不须归。

Around Xisai mountain egrets fly at ease,

In a flowery creek carps swim free.

With straw hat and cape in green,

The fisherman is undisturbed in drizzling breeze.

游子吟

孟郊

慈母手中线，游子身上衣。
临行密密缝，意恐迟迟归。
谁言寸草心，报得三春晖！

Needle and thread in hand, my dear mom.

Shirts are being made for her wandering son.

Meticulously sewed before my departure,

Fearful for a late return thereafter.

With a heart as feeble as grass leaves,

How could I repay this kindest spring sunbeams?

枫桥夜泊

张继

月落乌啼霜满天,江枫渔火对愁眠。
姑苏城外寒山寺,夜半钟声到客船。

Moon is descending amid crying crows and frosts all over,
Sleepless sorrow ensues with river breeze and fishing lanterns.
From Hanshan Temple outside of Gusu city,
The sound of midnight bell is distantly heard.

视刀环歌

刘禹锡

常恨言语浅,不如人意深。
今朝两相视,脉脉万重心。

Words are hatefully shallow,
Can't touch the depth of feeling.
Gazing across this morning,
Tenderness quietly flows.

秋词

刘禹锡

自古逢秋悲寂寥,我言秋日胜春朝。
晴空一鹤排云上,便引诗情到碧霄。

Autumn often arrives lonely and glum,
yet I would say it betters spring season.
Over clouds a crane soars in sky so blue,
That leads my verses to the glorious heaven.

江雪

柳宗元

千山鸟飞绝,万径人踪灭。

孤舟蓑笠翁,独钓寒江雪。

Over the granite massif no birds dare to fly,

On those wild paths no mortal is willing to climb.

A cloaked man down there on a lone boat,

Relishes his moment with unspoiled snow.

题都城南庄

崔护

去年今日此门中,人面桃花相映红。
人面不知何处去,桃花依旧笑春风。

A quick glimpse of you a year ago,
With pink blossom, what a perfect show.
While you're missed at this familiar gate,
Peach flowers remain smiling in Spring's embrace.

赠去婢

崔郊

公子王孙逐后尘,绿珠垂泪滴罗巾。
侯门一入深如海,从此萧郎是路人。

Being hotly pursued by men of ample means,

The beauty sheds tears into her silk handkerchiefs.

Grand mansion is like an ocean that's cruelly engulfing,

This heart no longer belongs to her childhood darling.

悯农

李绅

锄禾日当午,汗滴禾下土。
谁知盘中餐,粒粒皆辛苦。

Under a high noon sun farmers toil,
Dripping sweat soaks the dark soil;
Remember well on this platter,
every bit comes from hard labor.

大林寺桃花

白居易

人间四月芳菲尽,山寺桃花始盛开。
长恨春归无觅处,不知转入此中来。

April is a season flowers begin to wither,
Blossom in the mountain seems yet to prosper.
Lament not about the floral beauties fading,
There's a place that's perfect for late spring.

忆江南

白居易

江南好,风景旧曾谙。
日出江花红胜火,春来江水绿如蓝。
能不忆江南?

I miss the South of Yangtze dearly,
Where every pretty thing is so friendly.
Blossom by river shares a firey crimson with sunrise,
Emerald water matches silky bluegrass in springtime.
How can I not miss the South of Yangtze?

赋得古原草送别

白居易

离离原上草,一岁一枯荣。
野火烧不尽,春风吹又生。
远芳侵古道,晴翠接荒城。
又送王孙去,萋萋满别情。

So luxuriant are grasses on the prairie,
That in turn wither and flourish yearly.
The fury of wildfire they have survived,
With springtime breezes they again thrive.
Sweet scents overspread ancient paths in distance,
Sun-drenched meadows stretch to cities abandoned.
Adieu once more, my darling pal,
This sadness has lush pastures filled.

夜雨(节选)

白居易

我有所念人,隔在远远乡。
我有所感事,结在深深肠。

The love of my heart,
You are far and far.
This anguish of mine,
Lodges deep in my mind.

问刘十九

白居易

绿蚁新醅酒,红泥小火炉。
晚来天欲雪,能饮一杯无?

Wine freshly brewed,

Stove burns maroon.

Storm arrives soon

Maybe a drink or two?

剑客

贾岛

十年磨一剑,霜刃未曾试。
今日把示君,谁有不平事?

This sword took ten years,
Cold blade saw no tears.
To you now I show,
Who's wronged I should know?

金缕衣

杜秋娘

劝君莫惜金缕衣,劝君惜取少年时。
花开堪折直须折,莫待无花空折枝。

May you not be obsessed with fancy attires,
May you treasure the ardor of youthful fires.
Cherish at right time what this beauty offers,
Never wait for too long until it withers.

乐游原

李商隐

向晚意不适,驱车登古原。
夕阳无限好,只是近黄昏。

Disheartened of late,

I drove to the Highland.

Oh, praise that eternal dusky hue,

yet the sun is still setting.

清明

杜牧

清明时节雨纷纷,路上行人欲断魂。
借问酒家何处有,牧童遥指杏花村。

Nonstop is the Qingming drizzle,

A wanderer on the road feels sorrowful.

Tell me where drinks could be found,

Shepherd boy points to the village beyond.

蜂

罗隐

不论平地与山尖,无限风光尽被占。
采得百花成蜜后,为谁辛苦为谁甜?

You're all the glory,
buzzing high and low.
Such sweet honey,
to whom will you show?

乞巧

林杰

七夕今宵看碧霄,牵牛织女渡河桥。
家家乞巧望秋月,穿尽红丝几万条。

The sky looks pristine at July festival,

Heavenly Bridge is there for lovers to cross.

Every lady prays to the sewing goddess for skills,

Fine dresses take thousands of threads and a few needles.

浣溪沙·一向年光有限身

晏殊

一向年光有限身,等闲离别易销魂,酒筵歌席莫辞频。

满目山河空念远,落花风雨更伤春,不如怜取眼前人。

Life is short with occasional fleeting moments,
Casual partings prompt emotional torments.
No need to refuse merry banquets too often.

Distant obsessions seem futile in front of all the rivers and hills,
Falling petals in breezy rain further saddens a spring season,
Just cherish the ones close to you with due appreciation.

元日

王安石

爆竹声中一岁除,春风送暖入屠苏。
千门万户曈曈日,总把新桃换旧符。

Another year vanishes with Firework smoke,
Warm spring quietly sneaks into households.
Opening doors and windows embrace a fresh sunshine,
New lucky charms are up blessing a prosperous time.

饮湖上初晴后雨

苏轼

水光潋滟晴方好,山色空蒙雨亦奇。
欲把西湖比西子,淡妆浓抹总相宜。

Sunny sky over pristine waves,
Misty rain has hills embraced.
Pretty lake and fairy beauty,
What a perfect melody!

江城子·乙卯正月二十日夜记梦

苏轼

十年生死两茫茫,不思量,自难忘。
千里孤坟,无处话凄凉。
纵使相逢应不识,尘满面,鬓如霜。

夜来幽梦忽还乡,小轩窗,正梳妆。
相顾无言,惟有泪千行。
料得年年肠断处,明月夜,短松冈。

Life and death, a long decade of struggle,

Off the mind,

Yet unforgettable,

Miles of graves,

Endlessly miserable.

Holding each other, yet unrecognizable,

Dusty contenence,

And gray hair, like snowfall.

In dreams of late,

That window is often found,

You're dressing up,

I'm homebound.

Face to face, yet wordless,

Only tears are pouring down.

That yearly rendezvous,

So sad with pale moonlight,

Over the pine mount.

定风波 · 南海归赠王定国侍人寓娘

苏轼

常羡人间琢玉郎，天应乞与点酥娘。
尽道清歌传皓齿，风起，雪飞炎海变清凉。

万里归来颜愈少。微笑，笑时犹带岭梅香。
试问岭南应不好，却道：此心安处是吾乡。

You're admired like jade in this world,
So blessed with a beauty by your side.
Her melodies are lovely as angel's.
Breeze light,
Waves of heat are instantly cooled.

From a long travel she looks rejuvenated even.
Soft smile,
Carrying the fragrance from southern hills.
Must be tough down below and so distant?
Yet reply:
My home is where my heart settles.

水调歌头·明月几时有

苏轼

明月几时有？把酒问青天。

不知天上宫阙，今夕是何年？

我欲乘风归去，又恐琼楼玉宇，高处不胜寒。

起舞弄清影，何似在人间？

转朱阁，低绮户，照无眠。

不应有恨，何事长向别时圆？

人有悲欢离合，月有阴晴圆缺，此事古难全。

但愿人长久，千里共婵娟。

When would the moon come out to shine?

Shall we ask the heaven with fine wine.

Unsure about what year it would be

In angel's paradise.

Oh, such a glorious night.

May the wind carry me away and free,

Yet in those celestial palaces,

It must be an unbearable freeze.

Let's commence a dance with shadows,

And forget about the entire earth with all the sorrows.

Roaming over colorful homesteads,

Peeking into pretty chambers,

And lighting up the sleepless souls.

Can't you harbor any resentments?

But why only at separation that you happen to be full?

Men are occupied with sorrowful partings and joyful reunions,

The moon is destined for bright fullness and shadowy crescent.

Something's hard to fulfill.

I'll wish a longevity for the mankind,

And share from a thousand mile away the same moonlight.

卜算子·我住长江头(节选) 李之仪

我住长江头,君住长江尾。

日日思君不见君,共饮长江水。

Mighty Yangtze flows by,

End to end we reside.

You're always on my mind,

Though rarely in my clear sight.

Not to mention the same water,

that we drink day and night.

蚕妇

张俞

昨日入城市，归来泪满巾。
遍身罗绮者，不是养蚕人。

Yesterday in town,

Returning in tears.

Those richly attired,

Are no silk makers.

如梦令·昨夜雨疏风骤　　　　李清照

昨夜雨疏风骤,浓睡不消残酒。

试问卷帘人,却道海棠依旧。

知否,知否? 应是绿肥红瘦。

Tipsy still despite late morning sleeping up,
Listened to tapering night rain as wind picking up.
To the maid I inquired about begonia flowers,
And was told they survived gale and showers.
And yet, and yet,
Can't you see the withering red with greener leaflets?

声声慢 · 寻寻觅觅

李清照

寻寻觅觅,冷冷清清,凄凄惨惨戚戚。

乍暖还寒时候,最难将息。

三杯两盏淡酒,怎敌他、晚来风急?

雁过也,正伤心,却是旧时相识。

满地黄花堆积。

憔悴损,如今有谁堪摘?

守着窗儿,独自怎生得黑?

梧桐更兼细雨,到黄昏、点点滴滴。

这次第,怎一个愁字了得!

Nothing yet to be found,

Only coldness around,

and sadness knows no bound.

A seasonal warmth may have just descended,

Only with a touch of lingering chills,

How unbearable!

A few cups of plain wine,

How could they match late night gales?

Oh no, those familiar wild geese,

Just wouldn't wait,

On a hasty journey south,

Leaving me here pained and dismayed.

Could all these yellow flowers,

Reposing in piles,

And cheerlessly withering,

be cherished by anyone in this cold?

Isn't it all darkening emptiness,

As I'm sitting dazed by the window?

That lonesome pheonix tree,

By ceaseless drizzles till dusk,

Is being whipped and soaked.

At this very instant,

Alas, isn't there anything left,

But an endless sorrow!

小池

杨万里

泉眼无声惜细流,树阴照水爱晴柔。
小荷才露尖尖角,早有蜻蜓立上头。

Fountain water, with no sound, trickles,
Small pond, softened by tree shades, idles.
Fresh lotus, barely budding, remains tiny,
Before a dragonfly arrives, showing friendly.

晓出净慈寺送林子方

杨万里

毕竟西湖六月中,风光不与四时同。
接天莲叶无穷碧,映日荷花别样红。

West Lake in June has a unique flair,
No other seasons can indeed compare.
Sea of lotus leaves extends far and wide,
Sun-drenched blossoms turn red and bright.

观书有感

朱熹

半亩方塘一鉴开,天光云影共徘徊。
问渠那得清如许?为有源头活水来。

A half-acre pond mirrors lingering

clouds in the sky.

Such clear water, ask not,

could only arrive from a source very high.

醉下祝融峰作

朱熹

我来万里驾长风,绝壑层云许荡胸。

浊酒三杯豪气发,朗吟飞下祝融峰。

I arrived with gusts that's distant and prolonged,
Through deep canyons and high clouds feeling strong.
Three cups of potent liquor made me invigorated and poetic,
Verses I recited carry themselves to Zhurong Peak.

西江月·夜行黄沙道中

辛弃疾

明月别枝惊鹊,清风半夜鸣蝉。
稻花香里说丰年,听取蛙声一片。

七八个星天外,两三点雨山前。
旧时茅店社林边,路转溪桥忽见。

Gliding over high branches, the lustrous moon startles magpies.
Carried by cool breezes are cicadae's chants at midnight.
A bumper crop is cheered amid sweet scent from rice paddies,
Frogs gather for a grand choir, loud and jolly.

Scattered stars twinkle from a distant sky,
Casual sprinkles come and go near hill side.
There sits an old hut by temple woods,
Just revealing itself at turn, beyond the bridge and brook.

颂平常心是道

无门慧开

春有百花秋有月,夏有凉风冬有雪。
若无闲事挂心头,便是人间好时节。

Spring blossom and autumn moonlight.
Summer breezes and winter snowwhite.
Should there be no hearts so troubled,
Blessed is a fine season in life.

退步

慈受怀深

万事无如退步人，孤云野鹤自由身。
松风十里时来往，笑揖峰头月一轮。

Free of desire is most blessed man,
Roam about like lone cloud and crane.
Come and go is the cool pine breeze,
Smile to the Moon over the peak.

幽梦影（节选）

张潮

少年读书，如隙中窥月；

中年读书，如庭中望月；

老年读书，如台上玩月。

A book is like the moon.

A kid only gets a glimpse,

an adult finds it captivating

and only a ripe old man discovers a companion.

幽窗小记（节选）

陈继儒

荣辱不惊，看庭前花开花谢；
去留无意，任天上云卷云舒。

Stay above pomp or shame, and enjoy seasonal leisure with flower petals;
Never mind coming or going,
roam everywhere regardless white and dark clouds.

明日歌（节选）

钱福

明日复明日，明日何其多。
我生待明日，万事成蹉跎。

Days repeat tomorrow,

So many tomorrows.

For each one I wait,

It will be a total waste.

牡丹亭(节选)

汤显祖

情不知所起,一往而深,生者可以死,死可以生。

Such sweet sorrow, out of nowhere,

yet into a deeper void, torments beyond life and death.

竹石

郑板桥

咬定青山不放松,立根原在破岩中。
千磨万击还坚劲,任尔东西南北风。

Deep-rooted on a dark rocky hill,
Bamboo clings tight with all its will.
Touphened by endless beating and battering,
Never mind all the wind blowing.

新竹

郑板桥

新竹高于旧竹枝,全凭老干为扶持。

明年再有新生者,十丈龙孙绕凤池。

Fresh bamboos rise above old ones,

Kindly propped up by caring parents.

Next year will see another new round.

The kid bamboos will have the pool all surrounded.

《红楼梦》海棠诗六首

曹雪芹

半卷湘帘半掩门,碾冰为土玉为盆。

偷来梨蕊三分白,借得梅花一缕魂。

月窟仙人缝缟袂,秋闺怨女拭啼痕。

娇羞默默同谁诉?倦倚西风夜已昏。

(林黛玉)

Curtains half rolled with door partly open,

Jade plate has fine powdered ice held.

Flower pistils in faint white are quietly stolen,

Plum blossom are borrowed for virtuous souls.

The Moon lady stitches dresses for her own,

Lamenting autumn in tears is this angelic girl.

Who would care to hear out a timid confession?

While leaning with sunset against western gales.

珍重芳姿昼掩门，自携手瓮灌苔盆。

胭脂洗出秋阶影，冰雪招来露砌魂。

淡极始知花更艳，愁多焉得玉无痕。

欲偿白帝凭清洁，不语婷婷日又昏。

（薛宝钗）

Treasured silhouette hides behind closed door,

Pot in hand is ready for plant watering.

Blushy figure being clensed out on autumn steps,

Snowwhite soul called in from dewy edifice.

The flower becomes prettier when staying plain,

Could jade ever lose the tear trace being overly sad.

I'll repay the spirits with my utmost purity,

While keeping silence until the dusk.

秋容浅淡映重门，七节攒成雪满盆。
出浴太真冰作影，捧心西子玉为魂。
晓风不散愁千点，宿雨还添泪一痕。
独倚画栏如有意，清砧怨笛送黄昏。

（贾宝玉）

Pale autumn lustre shines on the gate,
Seven-knot bamboos grow on snowy plate.
Fresh from bath Taizhen's silhouette stays on ice,
Holding her bosom the fragile spirit of Xizi is like a jade.
Morning breezes couldn't drive away those sorrows,
Night rain adds cold tears in one more trace.
Leaning alone against fine handrails,
Sad flute with verses sees the setting sun fade.

斜阳寒草带重门,苔翠盈铺雨后盆。

玉是精神难比洁,雪为肌骨易销魂。

芳心一点娇无力,倩影三更月有痕。

莫谓缟仙能羽化,多情伴我咏黄昏。

（探春）

Inside multiple gates are crisp weeds under twilight,

Flower pots are cloaked with moss, still drizzles light.

White jade fails to match with floral purity,

Snowy blossom enchants ever so fine.

Thin tenderness barely stands a whiff of breeze,

A fair silhouette looms under charming moonlight.

Declare not that a maiden transforms yet into an angel,

Begonia and I are caroling to the dusk so sublime.

神仙昨日降都门，种得蓝田玉一盆。

自是霜娥偏爱冷，非关倩女亦离魂。

秋阴捧出何方雪，雨渍添来隔宿痕。

却喜诗人吟不倦，肯令寂寞度朝昏。

（史湘云）

Just day before were here the immortals,

Planting a pot of jade from emerald field.

Still fond of coldness being a frosty butterfly,

Sentimental girl's only obsessed with love on her mind.

Cloudy autumn presents snow far away,

Rain stains bring in overnight dismay.

Overjoyed that poets never stop chanting,

Making boredom bearable into the evening.

蘅芷阶通萝薜门，也宜墙角也宜盆。

花因喜洁难寻偶，人为悲秋易断魂。

玉烛滴干风里泪，晶帘隔破月中痕。

幽情欲向嫦娥诉，无奈虚廊夜色昏。

（史湘云）

Sweet weeds extend to the ivy gate,

So fine in the corners or on the plate.

Floral purity may never be matched well,

And saddened in autumn lonely and cold.

With teary wind silver candles die,

Curtains separate sad traces from moonlight.

Only an angel could hear your soft feelings,

Galleries darken through those hazy evenings.

《红楼梦》菊花诗十二首

曹雪芹

咏菊　　林黛玉

无赖诗魔昏晓侵,绕篱欹石自沉音。

毫端蕴秀临霜写,口角噙香对月吟。

满纸自怜题素怨,片言谁解诉秋心?

一从陶令平章后,千古高风说到今。

Poetic impulses disturb the maiden day and night,

Wander around fences and ponder by rock side.

Nib of brush invites wit amid blossom,

Sweet lips recite verses towards moonlight.

White paper is filled with wretched self-pity,

Who could see that tears in this soul hide?

Ever since Mr. Tao's memerable praises,

Centuries have passed with thy poise and pride.

问菊　　林黛玉

欲讯秋情众莫知,喃喃负手叩东篱:

孤标傲世偕谁隐?一样开花为底迟?

圃露庭霜何寂寞?雁归蛩病可相思?

休言举世无谈者,解语何妨话片时?

Of tenderness in query few are aware.

Murmuring softly to blossom, oh so fair.

With whom the virtuous pride has been hidden?

What makes your arrival so late, dear maiden?

Is lonesome garden embraced with frosty dews?

Aren't swans and crickets saddened like ailing muses?

Believe not that no one shares your noble heart,

Just a moment aside and our minds would spark.

菊梦　　林黛玉

篱畔秋酣一觉清,和云伴月不分明。

登仙非慕庄生蝶,忆旧还寻陶令盟。

睡去依依随雁断,惊回故故恼蛩鸣。

醒时幽怨同谁诉?衰草寒烟无限情!

An autumn slumber awakes in a garden,

The moon and clouds appeared so blurred and soften.

Envy not sanctifying dreams by Zhuang Sheng,

Cherish still Tao Ling's poetic allegiance.

Following my swans south in nostalgic mind,

Such annoyance with cicadae's chants at sunrise.

Who would care for a lonely maiden's sorrows?

None but those withering weeds and chilly smokes.

忆菊　　薛宝钗

怅望西风抱闷思，蓼红苇白断肠时。

空篱旧圃秋无迹，瘦月清霜梦有知。

念念心随归雁远，寥寥坐听晚砧迟。

谁怜我为黄花瘦，慰语重阳会有期。

Western winds are embracing the lonesome grief,

Sadness accompanies red peppers and white reeds.

Empty old garden can't hold autumn's trace.

Fine crescent in light frosts I dream to gaze.

Vanishing swans take away my fragile obsession,

Only rhythms of evening anvil to which I listen.

Who would pity at my withering yellow petals,

May Chongyang Day brings comfort to my soul.

画菊　　薛宝钗

诗余戏笔不知狂，岂是丹青费较量？

聚叶泼成千点墨，攒花染出几痕霜。

淡淡神会风前影，跳脱秋生腕底香。

莫认东篱闲采撷，粘屏聊以慰重阳。

Poetry aside, I dare enough to paint.

Isn't it another futile attempt?

Plenty of inks are smeared to make dense leaves,

Flowers are mindfully dyed like frosty pieces.

Breezy silhouettes are done in perfection,

Jade bracelet permeats with hidden fragrance.

Mistake not this screen drawing for the real,

It's for the mood at Chongyang festival.

种菊　　贾宝玉

携锄秋圃自移来，篱畔庭前故故栽。

昨夜不期经雨活，今朝犹喜带霜开。

冷吟秋色诗千首，醉酹寒香酒一杯。

泉溉泥封勤护惜，好和井径绝尘埃。

Moved around autumn garden with a hoe,

By the front yard fences did the seedling grow.

The overnight rain nurtured the fresh life,

Caught by the morning blossom by surprise.

Verses after verses sing praises to the floral,

Spread fine wine all over for the ritual.

Meticulously watering and earthing,

May you enjoy a quiet country living.

访菊　　贾宝玉

闲趁霜晴试一游，酒杯药盏莫淹留。
霜前月下谁家种？槛外篱边何处秋？
蜡屐远来情得得，冷吟不尽兴悠悠。
黄花若解怜诗客，休负今朝挂杖头。

Take an excursion on a day so fine,
No need to stay in for illness and wine.
Whose flowers are under the frosty moon?
Outside the gate and fences shines the autumn.
The wooden sandels make me feel so right,
Cold breath won't my spirit unfairly hide.
Could my poems be shared by yellow daisies,
Such a bright morning should never be wasted.

残菊　　探春

露凝霜重渐倾欹，宴赏才过小雪时。

蒂有余香金淡泊，枝无全叶翠离披。

半床落月蛩声病，万里寒云雁阵迟。

明岁秋风知再会，暂时分手莫相思。

Dews and frosts weigh down tender twigs,

Early snow arrives just after dinner banquets.

Residual fragrance lingers with golden light,

Trees turn bare as leaves are blown aside.

Descending moon shines onto my bed as cicadae calm down,

Endless cold clouds float with swans flying southbound.

Let's meet again along with winds in next autumn,

Don't miss each other overly for this brief separation.

簪菊　　探春

瓶供篱栽日日忙，折来休认镜中妆。

长安公子因花癖，彭泽先生是酒狂。

短鬓冷沾三径露，葛巾香染九秋霜。

高情不入时人眼，拍手凭他笑路旁。

Daily occupied with planting in vases and by fences.

In mirrors it's no longer my own appearance.

Prince Chang An's surely got a floral obsession

Sir Peng Ze is still hopelessly drunken

Short hair is dampened with dews in morning,

Long scarf is scented with autumn's blooming.

Lofty virtue may not fit unsavory eyes.

Just ignore those sneers and clap hands high.

菊影　　湘云

秋光叠叠复重重，潜度偷移三径中。

窗隔疏灯描远近，篱筛破月锁玲珑。

寒芳留照魂应驻，霜印传神梦也空。

珍重暗香休踏碎，凭谁醉眼认朦胧。

Autumn hue glimmers over thick folioles,

Dazzling quietly along courtyard trails.

Candle light sheds shadows far and near,

Bright moon through fences randomly appears.

Fine blossom might've left the souls behind,

Bare silhouette in my dream still resides.

Cherished are petals treaded yet so sweet,

In mist only a dead drunk would see.

供菊　　湘云

弹琴酌酒喜堪俦,几案婷婷点缀幽。
隔座香分三径露,抛书人对一枝秋。
霜清纸帐来新梦,圃冷斜阳忆旧游。
傲世也因同气味,春风桃李未淹留。

Admire floral beauty with wine and melody,
With supreme grace up there stand you daintily.
The dewy sweetness permeats across the chamber,
Books are put aside and it's you I treasure.
You breeze freshness into morning dreams of mine,
Fond memories amid dusk linger alive.
So much in the world we both share and dare,
Even fine spring colors couldn't keep me there.

对菊　　湘云

别圃移来贵比金,一丛浅淡一丛深。

萧疏篱畔科头坐,清冷香中抱膝吟。

数去更无君傲世,看来惟有我知音。

秋光荏苒休辜负,相对原宜惜寸阴。

Precious as gold from relocation,

Some plainly shallow some richly deep.

Sitting alone by desolate fences,

Reciting lyrics with folding knees.

Not many who brave the world with pride,

Only I know the tune you're singing.

Pass not easily the autumn light,

Treasure our time of mutual loving.

癸巳除夕偶成

黄景仁

千家笑语漏迟迟,忧患潜从物外知。
悄立市桥人不识,一星如月看多时。

Cheers remain abound late in night,
The unknown sadness falls onto the mind.
On the bridge, a brooding sillouette emerges all alone,
The starlight, in dazed eyes, is caressesing him like the moon.

村居

高鼎

草长莺飞二月天,拂堤杨柳醉春烟。
儿童散学归来早,忙趁东风放纸鸢。

Greener weeds and restless birds make a fine February day,
Smoke-like willows gently caress the river dike.
Homebound school kids are happily on their way,
Warm east wind is perfect for a soaring kite.

送别

李叔同

长亭外,古道边,芳草碧连天。
晚风拂柳笛声残,夕阳山外山。
天之涯,地之角,知交半零落。
一壶浊酒尽余欢,今宵别梦寒。

Beyond the farewell pavillion,
And down an ancient roadway,
Fresh meadows extend out to the horizon.
Caressed by evening breezes, willows dance to the
sad tunes of a flute,
With endless mountains shrouded in dusky gloom.

From far corners under the heaven,
To distant ends of the earth,
Scattering around are so many darling friends.
Alas, with me only is a bottle of coarse liquor,
That warms my dream in this chilly night of adieu.

偶然

徐志摩

我是天空里的一片云,

偶然投影在你的波心,

你不必讶异,更无须欢喜,

在转瞬间消灭了踪影。

你我相逢在黑夜的海上,

你有你的,我有我的,方向;

你记得也好,最好你忘掉,

在这交会时互放的光亮!

I'm a cloud high in the sky,

Casting in your heart an unwitting shadow of mine.

No need to be startled, or pleased even,

The traces will be erased in an instant.

It's you I've come across on a dark sea,

Directions differ for you and me.

You may remember, or forget rather,

Our shared sparkle at this brief encounter !

※ 获第十三届"百人百译"全球翻译大奖赛第一名。

教我如何不想她

　　　　　　　　　　　　　　刘半农

天上飘着些微云,

地上吹着些微风。

啊!

微风吹动了我的头发,

教我如何不想她?

月光恋爱着海洋,

海洋恋爱着月光。

啊!

这般蜜也似的银夜。

教我如何不想她?

水面落花慢慢流,

水底鱼儿慢慢游。

啊!

燕子你说些什么话?

教我如何不想她?

枯树在冷风里摇,

野火在暮色中烧。

啊!

西天还有些儿残霞,

教我如何不想她?

Scattered clouds float in the sky,

Off the ground breezes feel so light.

Ah!

Whiffs of air stir up my hair,

How can I not miss her?

Moonlight adores the ocean,

And ocean adores the Moon.

Ah!

Such a night, sweet and silver,

How can I not miss her?

Flower petals drift on the water,

Carefree fish swim deep and under.

Ah!

What did you just say, swallow dear?

How can I not miss her?

In chilly wind a dead tree shakes,

The twilight glows amid wild flames.

Ah!

Dusky hues at horizon still linger,

How can I not miss her?

卜算子·咏梅

毛泽东

风雨送春归，飞雪迎春到。
已是悬崖百丈冰，犹有花枝俏。

俏也不争春，只把春来报。
待到山花烂漫时，她在丛中笑。

Wind and rain bade adieu go the Spring,
Stormy snow embraces its reappearing.
On an icy cliff frigid and high,
A lone blossom is a beauty and pride.

The blossom never aspires to be the darling of Spring,
She merely heralds a new season that's coming.
When the entire mountain is in full bloom,
She'll quietly cherish the joy to her own.

礁石

艾青

一个浪,一个浪
无休止地扑过来
每一个浪都在它脚下
被打成碎沫,散开……
它的脸上和身上
像刀砍过的一样
但它依然站在那里
含着微笑,看着海洋

One wave, after another,

Ceaseless hitting and pouncing.

Each one splashes at its foot,

Into foams and dispersing.

Severely scarred,

Are its body and face.

Staying erected with smile,

Out into the sea, it gazes.

断章

卞之琳

你站在桥上看风景，
看风景的人在楼上看你。
明月装饰了你的窗子，
你装饰了别人的梦。

On a bridge you're seen contemplating,
Someone with a view above is noticing.
Moonlight has your window graced,
You're in the other's dream embraced.

小花的信念

顾城

在山石组成的路上
浮起一片小花
它们用金黄的微笑
来回报石块的冷遇
它们相信
最后，石块也会发芽
也会粗糙地微笑
在阳光和树影间
露出善良的牙齿

Along a stone-paved path, tender blossoms quietly surface.
For stone's stiff coldness, their golden smiles offer warm embraces.
The stubborn rock, they believe, will eventually come to sprout, with perhaps an awkward grin.
Between sunshine and shades, its harmless denticles might be revealed even.

乡愁

席慕蓉

故乡的歌是一支清远的笛
总在有月亮的晚上响起
故乡的面貌却是一种模糊的怅望
仿佛雾里的挥手别离
离别后
乡愁是一棵没有年轮的树
永不老去

Hometown's melody is like a flute, distant and lyrical,
That plays at night whenever the moon is lustrous and crystal.
Hometown's image becomes vague with a sorrowful yearning,
Like those hands in the fog, waving and then fading.
Adieu and thereafter,
My homesickness turns into an ageless tree,
Forever green.

诗的葬礼

洛夫

把一首

在抽屉里锁了三十年的情诗

投入火中

字

被烧得吱吱大叫

灰烬一言不发

它相信

总有一天

那人将在风中读到

A love poem,

locked in my drawer for three decades,

was given up in the end to fire.

Words,

As burned, are making squeaky wail.

Ashes stay mum,

And are convinced,

Someday,

That person will read'em in the wind.

面朝大海，春暖花开

海子

从明天起，做一个幸福的人

喂马、劈柴，周游世界

从明天起，关心粮食和蔬菜

我有一所房子，面朝大海，春暖花开

从明天起，和每一个亲人通信

告诉他们我的幸福

那幸福的闪电告诉我的

我将告诉每一个人

给每一条河每一座山取一个温暖的名字

陌生人，我也为你祝福

愿你有一个灿烂的前程

愿你有情人终成眷属

愿你在尘世获得幸福

我只愿面朝大海，春暖花开

Tomorrow and on,

Be happy.

Grooming, logging,

And wandering to all the places.

Tomorrow and on,

Farming, gardening,

And having a lodge

with ocean in the front,

and blossom at the best.

Tomorrow and on,

Messaging all the dear ones about my jubilation,

Sharing with everyone

what a blissful lightning has revealed to me.

I'll bestow to each river and mountain a heartfelt

name.

Hay stranger, I'll pray for you as well.

Wishing you a brilliant future,

Wishing you a splendid union,

Wishing you all the happiness in this world.

I myself only need

an ocean in the front,

and blossom at its best.

见与不见

扎西拉姆·多多

你见,或者不见我

我就在那里

不悲不喜

你念,或者不念我

情就在那里

不来不去

你爱,或者不爱我

爱就在那里

不增不减

你跟,或者不跟我

我的手就在你手里

不舍不弃

来我怀里

或者

让我住进你的心里

默然相爱

寂静欢喜

To see, or not to.

I'm there still,

Sad or not.

To miss, or not to,

Tenderness is there still.

Neither come nor go.

To love, or not to,

Love is there still,

No more, no less.

To follow, or not to,

My hand is in yours still,

Can't let go.

Come into my embrace,

Or

Let me in your heart reside.

Quietly in love,

Serenely in heaven.